Nikolaus Schapfl

Mæstro Mozart, ich bin Beethoven!

nach einer Idee von Dr. Herbert Groeger

Einsichten aus einem imaginären Gespräch

Autor: Nikolaus Schapfl

Diese Ausgabe enthält das deutsche Original und die englische Übersetzung von Matthew Faulk.

Umschlaggestaltung: NINA PROBST
Projektmanagement für Marketing & Kommunikation,
www.ninaprobst.de

Die Covergrafik für Mozart und Beethoven verwendet als Grundlage gemeinfreie Bilder.
Die anderen Coverbilder sind: iStock-618550346, iStock-1096528462, iStock-1136193009;

Verlag: tredition GmbH, Halenreie 40-44 / 22359 Hamburg
ISBN: 978-3-347-04310-7 (Paperback)
       978-3-347-04311-4 (e-Book)

Bibliografische Information der Deutschen Nationalbibliothek:
Die Deutsche Nationalbibliothek verzeichnet diese Publikation in der Deutschen Nationalbibliografie; detaillierte bibliografische Daten sind im Internet über http://dnb.d-nb.de abrufbar.

Inhalt

Vorwort

Bereits seit Mitte 2014 trug ich mich als Kulturschaffender mit dem Gedanken einer fiktiven Begegnung der beiden Musikgiganten Ludwig van Beethoven und Wolfgang Amadeus Mozart. Der 250. Geburtstag von Beethoven flackerte bei der Ideensammlung zwar kurz auf, das Jubiläumsjahr 2020 war aber noch in weiter Ferne. Warum gab es die Entscheidung für einen fiktiven Dialog?

1787 kam der noch 16jährige Beethoven nach Wien und wollte bei Mozart oder Haydn Unterricht nehmen. Mozart, mit Arbeiten an seinem Don Giovanni beschäftigt, empfing Beethoven nicht und als Beethoven das 2. Mal 1792 nach Wien kam, war Mozart bereits gestorben.

Für eine Stoffsammlung zum Dialog zwischen Beethoven und Mozart dienten ausgedehnte Wanderungen des Komponisten und Textdichters Nikolaus Schapfl und des Ideengebers
Herbert Groeger im Siebengebirge bei Bonn, ganz im Geiste des wanderfreudigen Beethovens.
Eine Beschränkung der zentralen Dialogthemen war schon auf Grund des musikhistorisch breiten Spektrums um die beiden Großmeister der Musik geboten.
Die Feststellung Goethes: ´Die erste Zeit, da uns die Idee noch neu ist, geht immer alles frisch und besser´ (J.W. von Goethe, Briefe an Schiller, 19.Juli 1799) bewahrheitete sich in vollem Umfang und traf auch auf die Stationen der Projektentwicklung von ´Maestro Mozart, ich bin Beethoven!´ zu. Bis 2016 hatten sich in Schapfls Schreibprozess folgende Themen, die ihm als Leitfaden dienten, herauskristallisiert (siehe hierzu Erläuterungen auf S. 48):

- Dienstherren und Schaffensbedingungen
- Werke und Arbeitsweisen im Vergleich
- Frauen und Familie
- Aufgabe des Kunstwerkes
- Tod(esgründe)

- Grenzen der Kunstwerkes
- Werk und Geschichte
- Die unsterbliche Geliebte

Der Text orientiert sich an der Sprache der Akteure, ist von Ernst und Humor getragen, der Historie nahe, schwungvoll und unterhaltsam.
Die Musik ist harmonisch bis atonal. Zart einfühlsam erforscht sie die unergründlichen Tiefen der beiden Genies, berstend dissonant oder in besinnlichem Moll beschreibt sie die tragischen Ereignisse in ihrem Leben. In unerwarteten rhythmischen Akzenten erklingt Beethovens Temperament, in ausgelassenen Tempi Mozarts Lebensfreude.

Es liegt nahe, das fiktive Treffen von Beethoven und Mozart an einem historischen Ort in Wien, der den *genius loci* eines der beiden Genies atmet, anzusiedeln. Der ´Pfarrwirt´ am Pfarrplatz in Heiligenstadt bietet sich hierzu als idealer Standort an, hat doch Beethoven 1817 eine Wohnung im Doppelhaus des Weingutes Mayer am Pfarrplatz bezogen und hier an seiner 9. Symphonie gearbeitet, die er übrigens nie selbst auf Grund seiner tragischen Taubheit hören konnte. (Uraufführung ´Maestro Mozart, ich bin Beethoven!` am 29.10.2020 im Pfarrwirt, Wien-Heiligenstadt) Text und Komposition sind inspiriert von den einzigartigen Werkschöpfern Beethoven und Mozart und der Spurenlese von Beethoven und Mozart in Wien, Salzburg und Bonn.
Bleibt nur noch dem geneigten Leser gutes Lese- und Hörvergnügen zu wünschen, mit der Empfehlung, Lesen und Hören mit einem Glas Wein zu begleiten.

Bonn, im März 2020   Dr. Herbert Groeger

Vorbemerkung des Autors

**Mozart trifft Beethoven -
Gedanken zu einem KonzeptKonzert**

Nikolaus Schapfl, Salzburg im Juni 2017

Wir wissen nicht, ob es wirklich zu einer Begegnung zwischen Mozart und Beethoven gekommen ist, oder gar zu einem Gespräch.
Eine Möglichkeit für ein Treffen wäre das Jahr 1787, als Beethoven
nachweislich kurz in Wien war [1]. Laut der Historikerin Brigitte Hamann sind alle Legenden, die sich um eine Begegnung ranken, leider nicht wahr [2].

In Musikhistorikerkreisen kursiert die Vermutung, Mozart habe
Beethoven im Jahr 1787 möglicherweise deshalb nicht als Schüler
akzeptiert, weil dieser Jungstar aus dem politisch stark mit Wien
verbandelten Bonn Anlass für Gerede an den jeweiligen Höfen hätte sein können. Außerdem ergäbe eine Rasterfahndung im Schü-
lerkreis Mozarts nach den Attributen „weder bemittelt noch weib-
lich" wenig Chancen. Im Juli 1792, als Haydn auf der Rückreise
von England in Bonn Station machte, schrieb Graf Ferdinand Ernst
von Waldstein, einer der ersten adeligen Förderer Beethovens, in
sein Stammbuch, er, Beethoven, würde „Mozart's Geist aus Hay-
dens Händen" erhalten. Aus dem für Dezember 1792, also bereits
ein Jahr nach Mozarts Tod, geplanten zweiten Studienaufenthalt in
Wien wurde der dauerhafte Verbleib in der (zumindest damaligen)
Musikhauptstadt. In Bonn hatte Beethoven Klavierkonzerte von
Mozart aufgeführt und bei Aufführungen von dessen Opern als
Bratschist im Orchester mitgewirkt, war also Kenner seiner Musik
und, neben Haydn, einer der herausragenden Köpfe, wenn nicht

---

[1] Eine Sammlung zahlreicher, sich auch widersprechender Berichte von Zeitzeugen über
eine angebliche Äußerung Mozarts zu Beethovens Klavierspiel (Ferdinand Ries, Schindler,
Otto Jahn, Seyfried, Carl Czerny u.a.) bietet Ludwig Schiedermair in seinem Buch „Der junge
Beethoven" , Leipzig 1925

[2] B. Hamann, Mozart : sein Leben und seine Zeit, Wien : Ueberreuter, 2006

überhaupt derjenige von allen, der ihre Bedeutung am tiefsten erfasste.

Welchen Zündstoff mag die Fiktion eines Treffens Mozarts mit Beethoven für Bühne, Film, Komposition, Musikwissenschaft und -geschichte und deren Deutung bergen? Natürlich ist der Punkt, auf dem ein Autor stehen muß, will er die Grenzen von Neigung oder gar Ideologie nicht mit beiden Beinen überschreiten, winzig, historisch dimensionslos, wohl oder übel flächenmäßig unterhalb seiner Schuhgröße. Im Hinblick auf die Schuhe solcher Autoren, die dem Ausführenden wohl zu groß sein dürften, wird ihm also erst recht künstlerische Freiheit erlaubt und diese im Glücksfall Anlass zum Nachdenken sein, darüber, was es heißen mag, mit Fleisch und Blut, Haut und Haar, Verstand und Herz, freischwebend in einer Welt blanken Nutzens, die sich gleichzeitig nach Tieferem sehnt, Künstler zu sein.

Wenn Mozarts und Beethovens Dialog im Rahmen historischer Möglichkeiten bliebe, sich also 1787 ereignen würde, wäre das wesentliche Werk Beethovens nicht behandelbar, sondern nur der blutjunge Beethoven ohne vorweisbare kompositorische Meilensteine, ein konturarmes Profil, das dieser junge Mensch aber nie gewesen sein kann. Dieser gestalterischen Regel gemäß gälte es, sich ein Treffen auszumalen, in dem etwa Mozart Beethovens Genie erkennt und Großes an musikalischer Entwicklung für die nahe Zukunft vorausahnt. Nachteil dieses Erzählweges: Beethoven bleibt auf seinen Stand als junger Stürmer-und-Dränger beschränkt. Es könnte eine ausgiebige Behandlung der Situation erfolgen: Mozart ist ausgelaugt, illusionslos, am Ende seines Weges (Stimmung des letzten Klavierkonzertes KV 595, Misserfolg des Titus, ... *ich kann Dir meine Empfindung nicht erklären, es ist eine gewisse Leere – die mir halt wehe thut, – ein gewisses Sehnen, welches nie befriediget wird...* [Brief vom 7. Juli 1791 an Konstanze]) aber auch erfreut über den Erfolg der Zauberflöte. Beide Komponisten behandeln die Lage der Kunst und des Musikschaffens um 1790 aus ihrer jeweiligen Sicht.

Die 2. mögliche Erzählregel: Es wird eine durchlässige Zeitdimension eingeführt, die dem Hörer erst nach und nach auffällt und deren Art von Durchlässigkeit zumindest anfangs undefiniert bleibt. Der Hörer bemerkt, daß Mozart in die nach seinem Tod liegende Lebenszeit Beethovens blicken kann. Das Gespräch geschieht immer deutlicher aus überzeitlicher Perspektive, möglicherweise gegen Ende auch wieder auf den Boden der historischen Möglichkeiten zurückfindend, bleibt im Ton zweier Hauptgestalter der Musik ihrer Epoche, die aber ihren Zeitgenossen ein entscheidendes Merkmal voraushaben: Kenntnisse der Zeit nach ihnen, die sie zu Einschätzungen der Musik und der Nachwirkungen ihres Schaffens veranlassen. Der Autor entscheidet sich für Erzählregel 2.

[Bühne dunkel]

Komposition 1 - Adagio (01:30)

Sie können die Audiodatei im Internet **anhören**, indem Sie den QR-Code mit Ihrem Smartphone scannen. Nutzer: m1 / Passwort: mer1s1

[Licht] Beethoven tritt an Mozart heran, der an einem Tisch sitzend in eine Partitur vertieft ist.

BEETHOVEN
Mæstro Mozart, ich bin Beethoven!

MOZART
Ah, Beethoven! ...van!

BEETHOVEN
[räuspert sich]
Darf ich fragen, welche Noten er da studiert?

MOZART
Ich verstehe, daß er da von sich reden macht, aber diese derbe Attitüde - da! Die prallen Akkorde in der Tiefe!

Musikeinspielung 1: im Klavier erklingt der Akkord m.s.
Takt 308 der Pathétique op.13, 1. Satz

MOZART
Ge' hean's, das degoutiert doch das Ohr!

BEETHOVEN
Ach so, seine Ohren! Laß er bloß die Perücke auf. Wenn die Läuse aus selbiger hierfürkröchen, könnte er einen wahren Ohrsturz erleiden.

11

—> [1. Dienstherren und Schaffensbedingungen]

MOZART

Ich habe schon gehört: Frei schaffender Künstler, Sie! Moderne Sitten. Niemand kann Sie malträtieren, wahrlich ein Fortschritt, keine *Dependance* in Händen eines besoffenen, eselsohrigen Fürsten, aber der *bon goût* versumpft doch deswegen.

BEETHOVEN

Meister! Meine Bettlektüre heißt eh Händel. Normalerweise hätte ich einem, der mit mir einen solchen Ton anschlägt, schon den Schinder an den Hals gewünscht. Ich muß mich nicht verstecken vor Ihrem Können... Ihrer keine Zwischenräume auslassenden Chromatik *[gerät ins Schwärmen]*, dem wehschwangeren, erschütternden, unfaßbar zarten Moll, und, ja! Was für ein Licht!

MOZART

Licht.... bei den Kerzen müssen wir sparen, jedenfalls jetzt. Die Reise zur Kaiserkrönung nach Frankfurt mußte ich aus eigener Tasche bezahlen, während die Hofschranzen freigehalten waren.

BEETHOVEN

Ihre Stellung bei Hofe...

MOZART

Mit den Leuten aus der zweiten Reihe konnte ich es nie. Dabei sind sie es, die die Entscheidungen fällen.

BEETHOVEN

Man darf sich gegen alle Menschen äußerlich nie die Verachtung merken lassen, die sie verdienen, denn man kann nicht wissen, wo man sie braucht.

MOZART

Sie hat der Adel ja fortlaufend finanziert, geradezu hofiert wurden Sie. Das haben Sie geschafft. Ich war schnell am absinkenden Ast bei Ihro Gnaden. Obwohl, Sie haben - und das wundert mich - mit Ihrer - wie heißt sie doch gleich - „Eroica" General Bonaparte, diesem Fürstenschreck, diesem Sofortgerinnungselixir allen blauen

Blutes, vor aller Augen ein Denkmal gesetzt und es hat ihnen auch noch genützt!

BEETHOVEN

Vor Ihnen hat eben niemand Angst gehabt, Mozart. Mit dem Adel ist leicht verkehren, wenn man etwas hat, was ihm imponiert.

MOZART

Van.

BEETHOVEN

Tss. Die Eroica habe ich dem Fürsten Lobkowitz - Gott sei dem guten Herren gnädig - gewidmet und „Bonaparte" tituliert. Ich habe nie einen Hehl aus meiner Überzeugung gemacht, daß man sich vor Leuten nicht verneigen muß. Dem Goethe gab ich deutlich zu verstehen, er hätte sich vor der Kaiserin und den Herzögen nicht verbeugen müssen, im Park von Teplitz, gut 20 Jahre nach Ihrem Tod, Mozart. Aber wer mein Freund war, war mein Freund, und war es auch ein Fürst.

MOZART

Muß denen völlig neuartig vor'komma sei', ois dös Speichelleckerg'würm los g'wen z' sei'. Mir waren die Fürsten bestenfalls gnädig gestimmt - heißt: „in Spendierhosen".

BEETHOVEN

Könige und Fürsten können wohl Professoren machen und Geheimräte und Titel und Ordensbänder umhängen, aber große Menschen können sie nicht machen. Man muß sie in Respekt halten. Als mich Jérôme Bonaparte nach Kassel rief, spielte ich Interesse, spitzte die Ohren zum Schein, schnupperte brav wie ein Schoßfrettchen, was wohl davon zu halten beliebe, mit dem Ergebnis: Mein Bleiben wurde mir - nun ja, sagen wir - „versilbert".

MOZART

Ich bekam einen Tritt in den Hintern. — Ja aber, Beethoven, das ist doch leiwand, daß wir uns hier begegnen, das hätte sich nicht einmal der Schikaneder ausdenken können!

BEETHOVEN

Einen Tritt in den Hintern?

MOZART

Hat mich nicht gejuckt. Verletzend waren die Beschimpfungen: „Lump, elender Bub, Fex". Aber ein wenig Recht hatten sie - in Salzburg, als ich ihnen den Rücken kehrte. In Wien dann verdiente ich anfangs mehr als Sie, werter Kollege, viel mehr. Sie sehen ja. Da! *[deutet in den Raum seitlich der Bühne]* Ich war Großverdiener. Doch Graf Arcos Prophezeiung, die Wiener würden mir erst recht schöntun, um mich dann am langen Arm verhungern zu lassen, hat sich leider bewahrheitet. Ich hab's verbockt. Was das Verhältnis der Wiener zu mir abgekühlt hat, maßgeblich absacken ließ, war der Figaro. Die Adelsschelte haben sie mir nicht durchgehen lassen. Ein Gemeiner, der dem Grafen nicht *[steht auf und verneigt sich tief]* fein schön säuberlich den Allerwertesten, jeck!... das war diesen...

BEETHOVEN

Keines Ihrer Schimpfworte bitte!

MOZART

...Sch.... Schafen zu viel.

BEETHOVEN

Sie haben dicke Haut bewiesen, wie es einem Meister gebührt.

MOZART

Die Kaiserin nannte meinen Titus eine *porcheria tedesca*, eine deutsche Schweinerei.

BEETHOVEN

Ich gebe Ihnen recht, es ist ein Geheimnis, warum mich niemand bekämpft hat, ich meine so richtig. Wo Pulverdampf raucht, bleiben die Jecken friedlich. Um mich war der Ruch des Kampfes.

MOZART

...gar der Handgreiflichkeiten, sogar gegen Fürsten.

BEETHOVEN

Da können Sie nur auf meinen Akt reiner Selbstverteidigung anspielen, als mich Fürst Lichnowski tätlich anging, weil ich nicht vor seinen Flegeln spielen wollte. Er hat die Tür zu meinem Zimmer eingetreten. Aber sehen Sie, irgendwie wurde das nicht so heiß gegessen. Als ich ihm mit hoch erhobener Hand einen Sessel über den Scheitel hielt, fiel mir Oppersdorff in den Arm, der Oppersdorff, der in der Folge seinen Auftrag an mich zu meiner 4. und 5. Sinfonie nicht zurückgenommen hat.

MOZART

Hoit i nöt ås.

BEETHOVEN

Lichnowski wollte sich mit der Kunst schmücken... (!) mit der freien Kunst! Nach meiner Abreise noch am selben Abend schrieb ich ihm tags darauf einen Brief mit den Worten: Fürsten wie ihn wird es noch tausende geben. Beethoven gibt es nur einen.

MOZART

[schüttelt schmunzelnd den Kopf]

BEETHOVEN

Das meinte ich aber nicht wegen mir. Wie will jemand ein Kunstwerk, das die Freiheit und Gleichheit aller Menschen zur Voraussetzung hat, von einem Leibeigenen entgegennehmen? Ich glaube, ich war nicht zu hochmütig. Die Freiheit wurzelt in der Erde, die von Mut getränkt ist, und das heißt, wenn es sein muß, von Blut.

MOZART

Er war ein Revolutionär und als solcher, sagen wir in einer Mischung aus akzeptiert und geduldet, anerkannt. Mir waren nur die Gedanken frei. Bei mir war das Abhängigkeitsverhältnis Fürst-Domestik noch voll intakt.

BEETHOVEN

Die Wahrheit verträgt keine Schoßhündchen, die sich in ihrer Schlagobersexistenz wohltun und den Druck nur nach unten wei-

tergeben dank der ewigen Untugend der Vergänglichen, dem Mit-
läufertum.

MOZART

Was hätte Er denn in einer anderen Epoche getan, in der es keine
zumindest in der Seele adeligen - und liquiden (!) *[reibt Daumen
und Fingerspitzen aneinander in der Geste für „Geld"]* - Fürsten
mehr gibt, sondern nur eine unangreifbare, ... ungreifbare Herr-
schaft, - *[deutet in eine Richtung]* da, sehen Sie! - die den Tonset-
zern einen engen Korridor erlaubter Ästhetik und kompositorischer
Strickmuster vorschreibt. Gegen wen hätte er revoltiert, wenn es
keinen Lichnowski mehr gibt, der einen Beethoven Beethoven sein
läßt?

BEETHOVEN

Von was redet er da? Stell' er doch auf freiem Feld keine Türen auf!

MOZART

Sieh er doch da, ganz da vorne: Nicht nur die Unterbindung freier
Kunst, nein. Irre ich mich oder sehe ich richtig? *[stellt sich auf die
Zehenspitzen]* Droht hier nicht die völlige Austilgung aller Meisterwerke der ganzen Geschichte im Namen einer befreiten Menschheit?

BEETHOVEN

Das muß ganz am Ende der Menschheitsgeschichte sein. Die Ty-
rannen ertragen es nun einmal schwer, von egal was überlebt zu
werden, auch nicht von den Meisterwerken der Kunst. Es gibt kaum
etwas, was den Schlechten unter den Mächtigen soviel Angst
macht wie gute Musik, vor allem, wenn sie neu ist.

MOZART

Sein Grinsen gefällt mir. Diese Selbstsicherheit, nein sowas! Von
Herzen möge es wieder zu Herzen gehen, wie er sagte. Sein Herz
muß ja die Leute an sich gerissen, unwiderstehlich alle Fesseln gesprengt haben und die Seilschaften gleich mit.

Komposition 2 - Allegro (10:15)

MOZART

Sein Stürmen und Drängen - da versteh' ich gar nicht, wie das gehen mag, da wird mir schwindlig. Aber wenn ich ehrlich bin, den Feuerflug beherrschte auch ich, aber mir kommt vor, wenn es um das Tiefgründige geht, das, was die Hörer innehalten läßt, das Anklingen eines Geheimnisses, das ungreifbar hinter den simplen Noten steckt, da macht er mir nichts vor, da laufen seine brandenden, schaumtrunkenen Wogen mein Ufer hoch und versickern im Sand, dort, wo es bei mir erst losgeht.

BEETHOVEN

Spitz' er nur schön seine Lippen wie ein Mokkaschlürfer am Rokokotisch. Sein Denkmal sei ihm gut behütet unter dem gepuderten Zopf und den Spitzenärmeln.

MOZART

Das Zeitlose hinter der Zeit habe ich schon auch gut angekratzt, Herr Kollege.

BEETHOVEN

Ihr Werk mag von innerer Freiheit zeugen. Das ist die Freiheit für Sklaven, immerhin ein Sieg des Geistes. Für mich hieß es, die Knochen rühren. Sich regen bringt Segen.

MOZART

Er war ein Revolutionär und als solcher ein besonderer unter den Revolutionären: Er hat Ketten gesprengt *ohne Gewalt!*

BEETHOVEN

Zu allen Zeiten gibt es Kulturschaffende, die sich um keine Tyrannei scheren, und es gibt auch für sie Förderer, offen oder heimlich, die es verstehen, der Sonne gleich blasse Keimlinge aus Kellerspalten hervorzulocken und zu großen Bäumen werden zu lassen. Auch den Fürsten mußten die Ketten gesprengt werden.

MOZART

Förderer! Er hatte welche, ich nicht. Er ist ja so geschwommen: *[macht mit ausgebreiteten Armen Schwimmbewegungen, nicht nach außen, sondern nach innen zur Brust.]* Seid umschlungen, Millionen! Er gehörte zu den 5% der reichsten Erblasser Wiens. Großaktionär!

BEETHOVEN

Unglaublich, wie Er plötzlich mit Zahlen umgehen kann!

MOZART

Hinter seinem zerschlissenen Frack verbarg er ein Vermögen.

BEETHOVEN

…sprach der größte Pleitier der Musikgeschichte. Ich konnte meine Freunde nicht darben lassen, wenn es mir selbst gut ging. Familie war auch noch da. Ich mußte vorsorgen. Ich hatte ja nie eine Anstellung im Gegensatz zu Ihnen.

MOZART

Anstellung? Ich? *[lacht auf]* Wieviel bin ich herumgereist, hab' mich abgestrampelt, gebuckelt, die werten Herrschaften gebauchpinselt! Und? München - keine Stelle, Augsburg - keine Stelle, Mannheim - keine Stelle, Berlin - keine Stelle, Salzburg - Konzertmeister der Hofkapelle, später *[lacht auf]* Hoforganist. In Wien bekleidete Salieri die Stelle des Hof-Komponisten. Für mich blieb der Kammermusicus *[rauft sich die Perücke]* - für Unterhaltungsmusik, immerhin 800 Gulden Jahresgehalt.

BEETHOVEN

Da wär' ich lieber verhungert. Aber das Bild hat sich gedreht, Mæstro. So versessen die Günstlinge auf ihre Pöstchen waren, so vergessen sind sie jetzt. Niemand kann mehr an Salieri auch nur denken ohne unweigerlich den Namen Mozart im Kopf zu haben.

MOZART

Ich bin aus Ihrer besagten Kellerspalte nicht heraus- und nie auch nur auf den Sinn gekommen, aus dem Standesdenken auszubrechen, ein aufmüpfiger, aber eben doch nur ein Lakai zu sein.

BEETHOVEN

Ihre Zeit war eine Generation vor den Umwälzungen, auch wenn's in Ihnen schon gegärt hat. Sie sind trotzdem ein Held, Mæstro. Ihr Selbstvertrauen ist für mich ebenso rätselhaft, so unzerstörbar wie ihre Musik. 1788, dem Jahr Ihres schaurigen Abstiegs, den Ihnen Graf Arco ja in Salzburg für Wien vorhergesagt hat, Ihrem Herabpurzeln aus dem hohen öffentlichen Rang vor aller Augen, als der Jubel verstummte, die Aufträge ausblieben, sich ein Vorhang lüftete und den Blick auf einen Mozart freigab, der draußen ist, keiner von uns, im Schweigen aus wachen Augen, die wegsehen, aus Worten, die nur scheinbar grüßen, aber in Wahrheit sagen: „Ich kenne dich nicht", in dieser Lage die Jupiter-Sinfonie zu komponieren, den Feuerflug des vierten Satzes, ohnegleichen in der Geschichte der Sinfonie... Also ich bin Beethoven, aber da bleibt mir die Spucke weg.

MOZART

Man muß die schwarzen Gedanken mit Gewalt ausschlagen. Sie haben mit ihrem „van" - und bei der Theorie bleib' ich, daß Ihnen das Kürzel vor dem Namen die Türen geöffnet hat - maßgeblich mitbewerkstelligt, daß Tonsetzer den Dichtern gleichgestellt wurden und an einem Tisch mit den Fürsten sitzen durften.

BEETHOVEN

Mag das „van" ein wenig als Scharnieröl gewirkt haben, geachtet war ich der Musik wegen.

MOZART

Das war ich auch, durfte aber nicht am Tisch der gnädigen Herrschaften Platz nehmen. Mir war die Anwesenheit in höchsten Kreisen nur berufshalber gestattet. Ich mußte immer um Anerkennung kämpfen und als ich sie mehr denn je verdient gehabt hätte, brach sie völlig weg.

BEETHOVEN

Glauben Sie mir: Dieses Ausgestoßensein, bei Ihnen, Mozart, kam es von außen. Bei mir fraß es von innen. Es saugte mir an Mark und Bein.

MOZART

Seiner Taubheit wegen? Sag' er mir, als er ein Hölzchen ins Klavier klemmte, um wenigstens über die Zähne noch ein wenig Körperschall zu ergattern, kam es ihm da nicht so vor, als würde ihm jemand die Musik wegnehmen und ihm zu verstehen geben, es gäbe Wichtigeres?

BEETHOVEN

Die Taubheit war sicher eine meiner schmerzlichsten Wunden, doch ihrer wegen war ich gezwungen, tiefer in die Stille, vor der die meisten Menschen ihr Leben lang davonlaufen, hineinzuhören. Die Taubheit wandte mein Gehör noch tiefer nach innen. Was Schallwellen braucht, kann keine Idee sein. Aus Tränen werden Perlen. Die Prankenschläge, die das Herz aufreißen, die aus den Kratzfurchen aufquillenden, im Licht der Inspiration funkelnden Blutstropfen der Seele, die Narben, über die sich ein Klangteppich webt, schleudern den zu Tode Getroffenen in ungeahnte Höhen, wo er sich lebendiger wiederfindet, als menschliche Anstrengung es je erreichen kann, Botschafter eines in Worten nicht Fassbaren.
Wir waren herausgenommen aus dem Netz, in dem die Menschen gefangen sind, dem Gatterdasein vorgelebten Verhaltens, betreuten Denkens. Die Reise in unser Inneres ließ uns eintauchen in die Seelenlandschaft der Menschen. Wie hinter einer Glasscheibe zeichneten wir am Bauplan, der den anderen verborgen bleibt. Frei gewählt hatte ich das nicht. Es ist unser Los.

MOZART

Unser Los? Glaub' ich nicht. Schauen Sie doch diesen Nachgeborenen an: D v o ř á k, Antonin! Familie, acht Kinder, oder unser aller Johann Sebastian ein halbes Jahrhundert vor uns: Nicht gerade meditativ, unter einem Dach mit zwanzig Bälgen und Halbstarken. Wo war da die selige Einsamkeit? Leiden, Fußtritte, Buckeln, Kuschen, die Ratschläge der Nichtskönner devot entgegennehmen. Offenbar muß all das nicht ständiger Weggefährte, nicht das tägliche Brot sein, um inspiriert zu werden.

BEETHOVEN

Mein Ansporn war der Wunsch nach Anerkennung, aber auch nach einer intakten Familie, die ich als Kind vermisste. Im Leben war es mir nicht vergönnt. Je hingebungsvoller ich mich der Musik widmete, desto fruchtbarer war meine Arbeit. Aber wenn ich ihr die kalte Schulter zeigte, - denn die Musik ist nicht Leben, nur Medium, keine Botschaft, nur der Briefumschlag, nicht das Ziel, nur die Sehnsucht, - fing sie mich wieder ein mit Ideen, die ich nie hätte erjagen können. Was ist denn die Musik? Doch keine Person... Mein Vater hat mich nachts rausgehauen. Üben! Manchmal vor seinen Saufkumpanen. Dieses Malträtieren hat mich nicht verbrannt. Mit 14 Jahren ungefähr, in diesem Umfeld der Einschüchterung, fragte ich mich... es kam mir beinahe so vor: Da ist jemand... da stand jemand wie eine Unbekannte hinter einem Schleier und führte mich in eine Welt, die alles andere war als reine Phantasie, was die Wirkung auf die Menschen um mich unter Beweis stellte, in ihrem Staunen, in ihrem Wie-angegossen-Dastehen. In dieses Geheimnis ist letztlich mein Herz hineinverschwunden. Ich habe es zu Lebzeiten nicht mehr gefunden.

Orchestersignal 1

MOZART

Mir kommt diese Situation mit Lichnowski und seinen Offizieren wie ein Wiederaufleben der traumatisierenden Vorgänge Ihrer Kindheit vor.

BEETHOVEN

So entsteht Granit. Das ist das Typische am Komponistenleben: Empfindsamkeit - das Herz offen - und gleichzeitig einstecken können, einstecken müssen, wenn so feine Gestalten die Gelegenheit nützen, auf das offene Herz mit der Spitzhacke dreinzuschlagen. Wenn wir uns auch so professionell geben in Sachen Emotion in und hinter der Musik, die den Horizont wie mit einem Reißverschluss öffnet, sosehr wir uns auch verstecken hinter unserer Professionalität und souverän über den Erfolg schmunzeln, Notenpapier trocknet keine Tränen.

MOZART

Diesen Blick in den Abgrund kenne ich, das unausweichliche Hineinstürzen. Uns blieb keine andere Wahl als die Schwingen zu öffnen. Und sie trugen. Ihnen gelang ein Flug, der grenzenlose Räume von Einsamkeit zum Blühen brachte. Ich sehe Ihr gesellschaftliches Leben klar vor mir: Ein gähnender Rachen, „Ins-Leere-Greifen", keine Frau, keine Familie - eine Geliebte? Und Sie waren ein Halt den Fürsten am Abgrund ihrer eigenen, untergehenden Ära. Ich muss sagen, Sie haben dem Schicksal nicht nur in den Rachen gegriffen, wie Sie sich ausdrückten, Sie haben dem Schicksal den Rachen gestopft! Da gibt's selbst von mir keinen Spott.

Komposition 3 - Adagio (04:00)

—> [2. Werke und Arbeitsweisen im Vergleich]

MOZART
Haben Sie überhaupt ein d-moll?

BEETHOVEN
Was meinen Sie? Sehen Sie doch meine 9.!

MOZART
Das, was es bei mir war, der sanfte Gestus? Bei Ihnen sehe ich nur c-Moll.

BEETHOVEN
Man sollte sie klonen.

MOZART
Wen? Uns?

BEETHOVEN

Ihr d-moll mit meinem c-moll. Was Tonarten anbelangt, ist mein eigentliches Geheimnis Cis-moll. Cis-moll hat erst durch mich so eigentlich Karriere gemacht.

Musikeinspielung 2:

Im Hintergrund erklingt: Beethovens Sonate Nr. 14, op. 27 Nr. 2 „Mondschein", Takte 1-7, 1. Viertel. bis „ausgelöst werden" im Dialog

MOZART

Aber Cis-moll verwendet er auffallend wenig, gar nur zweimal? Sein Streichquartett, es wird oft gar sein größtes genannt, Opus 131, cis-moll, da weicht er an der sanftesten Stelle nach gis-moll aus.

BEETHOVEN

Abstand nehmen vor dem Schleier, vor der Silhouette.

MOZART

Sie sagten ja, Musik sei „höhere Offenbarung als alle Weisheit und Philosophie." Wie kann ein bärbeißiger Grobian über aller Weisheit stehen?

BEETHOVEN

Die Kontraste machen den Menschen, das Helldunkel läßt die Konturen hervortreten, den ganzen Raum menschlichen Empfindens. Man muß die Natur in sich hineinnehmen. Anders kann man keine bedeutenden Werke schaffen. Wir bieten den Leuten eine innere Landschaft, einen Atlas der Gefühle, Geheimnisse, wobei sie nicht wissen, daß sie auch für uns Geheimnisse bleiben. Wir verstehen lediglich die Struktur der Musik, stehen aber genauso staunend vor den Kräften, die durch sie ausgelöst werden. Wenn Sie mein Streichquartett cis-moll erwähnen, denke ich an Ihr letztes Klavierkonzert: zärtlicher, als von Ihnen eh schon gewohnt.

MOZART

Im letzten Jahr konnte ich mich kaum noch Empfindungen aussetzen, wie ein Schmetterlingskind, dem die leiseste Liebkosung zur

Gefahr wird. Gleichzeitig wurde ich endgültig zum Notenschreibe-turbo. *[seufzt]* Meine geschundenen Finger! Die Notenlawine brüllte über mich hinweg. In meinem Innern aber öffnete sich ein gewalti-ges Schweigen. Ich hatte das „Wozu" vergessen. Und immer der Zeitdruck. Für den Don Giovanni hatte ich ein halbes Jahr, für den Titus nur drei Wochen. Und: Es ist auch nicht so gut geworden!

BEETHOVEN

Ein halbes Jahr, drei Wochen? Was sind das für Zeiträume. Was mich mein Fidelio gekostet hat, hat mir die Dulderkrone verdient. Umschreiben und nochmals umschreiben. Erst nach neun Jah-ren…

MOZART

…und fünf Sinfonien später, die in eben diesen neun Jahren ent-standen sind. Nicht untertreiben! Wenn das mein Alter mitbekom-men hätt', da wären mir Schimpf und Schande um die Ohren geflo-gen. Dabei waren fünf Sinfonien für mich eh beinah' nix, aber die Ihren, Nummern vier bis acht *[Pause]*. Worin liegen eigentlich die Unterschiede zwischen uns?

BEETHOVEN

Sie haben ihre Noten als Ganzes aufs Papier gebracht, Klappe auf, wie aus dem Ei gepellt, keine Streichungen, keine Korrekturen. Bei mir war es ein Hin- und Her-Zergrübeln. Erst nach einer halben Ewigkeit, endlosen Wanderungen, Wiener Wald, Helenental, Ba-den, Klosterneuburg…

MOZART

…da' Gumpoldskirchner!

BEETHOVEN

…und nach endlos aufreibendem Wühlen in Papierschnitzeln, Mo-tivfetzen, Verwerfen und Wiederverwerfen bis das Geheimnis eines organischen Ganzen Gestalt annimmt.
Im Leben hab' ich mich zermartert, aber auf dem Totenbett war ich glücklich. Waren Sie am Ende nicht wie ein sich leerdrehendes Jahrmarktskarussell? Schrott? Nach all den Possen: Ende, Aus?

MOZART

Ich wußte, daß ich sterben muß. Die glänzenden, feinsten Roben stellte ich irgendwo neben mich, hinter mich. Mein ureigner Blick suchte in der Ferne. Ich erkannte, ich schreibe das Requiem für mich selbst. Meine Rückwendung zur innersten Wahrheit meines Lebens war den Schreiberlingen doch keine Tinte wert. „Das himmlische Kind, kurzer Gast auf Erden, Donnerblitzbub, nur durchgeschickt, mußte so früh sterben, weil er nahe dran war, Gott auf die Schliche zu kommen." Mein eigentliches Schaffensgeheimnis war der Tod. Mich ihm gegenüberzustellen, jeden Tag, Auge in Auge, das war die unerschöpfliche Quelle, in der meine Netze immer gefüllt waren mit guten Ideen. Die Betrachtung des Todes umspülte mich mit Lebendigkeit und unerschöpflicher Vielfalt, ließ mich eintauchen in die Unmittelbarkeit des Seins, hob mich in den höchsten Grad des Bewusstseins.

BEETHOVEN

Meine Ideen fand ich in der Natur, beim Durchstreifen der Wälder, dem Einatmen des Duftes über den Wiesen, beim Lauschen auf dieses unauslotbare Lied, das der Wind singt, wenn er durch die Bäume streicht, beim Anblick des Sternenhimmels. Wenn ich mich im Zusammenhang des Universums betrachtete, fragte ich mich: Was bin ich?

MOZART

Sie haben es - mehr als ich - nie aus den Augen verloren, was wir jetzt als wichtig erkennen. Wie bei Ihnen der moralische Anspruch unverzichtbar war, so führte bei mir jede Empfindung egal welcher Art zu bleibender Kunst. Es war mir alles zuviel Empfindung. Noch dazu vor dem Hintergrund der Geldsorgen empfand ich mich als Gewürgten, der umso schöner singt, je mehr ihm der Rachen zugeschnürt wird. Nach all diesen Enttäuschungen, zuletzt um die Krönung dieses (...) Musikverächters in Frankfurt, war mein Herz klamm. Eine Lähmung ergriff von mir Besitz. Aber - ich schlürfte noch am Lebenselixier des Verliebtseins.

BEETHOVEN

Ganz Wien…

MOZART

…wußte…

BEETHOVEN

[nickt] Wer Wien kennt.

MOZART

Nichts wissen sie.

Komposition 4 - „Mozarts Ballnacht" - Allegro (06:00)

Regieoption: Zwei Balletttänzer gestalten zur Musik Szenen einer Ballnacht.

——> [3. Frauen und Familie]

BEETHOVEN

Ihr Fall war ja die Aloysia Weber und erst später ihre Schwester Konstanze. Wissen Sie, was mir auffällt: Sie haben sich immer merkwürdig despektierlich über den Klang der Flöte, genauer der Querflöte, geäußert. Mögen der pustende Beiklang und die Obertonarmut dieses Instrumentes Ihren Vorstellungen wenig entgegengekommen sein. In Paris, im Jahr 1778, kurz nachdem Sie Aloysia Weber in Mannheim begegnet waren, gaben Sie gerade der Flöte diese wundervolle Melodie.

Musikeinspielung 3: Melodie KV 299, 2. Satz Andantino
[Mozart rauft sich die Perücke.]

BEETHOVEN

So eine Melodie ist einfach zu vollkommen, als daß sie sich als Nebenwerk tarnen könnte. Waren Sie nicht in Paris auf einer Wolke, ganz bei Aloysia, bevor sie Ihnen, als sie in München voll glühender Inbrunst mit wehenden Fahnen eintrafen, eiskalt einen Korb verpasst hat? Da muß in Ihnen etwas vorgegangen sein mit Folgen für das vom Herzen erkorene Klangorgan, die Flöte. Wurde sie als Opfer verschmähter Liebe für immer begraben? Auch diese schmachtenden Halbtonvorhalte in der Sonate für Violine und Klavier e-moll, KV 304, ebenfalls aus diesem Schicksalsjahr 1778 in Mannheim, *[hält eine Hand ans Herz und die andere - der Musik lauschend - ans Ohr].*

[Musikeinspielung 4: Auszüge Sonate für Violine und Klavier e-moll, KV 304]

Waren das die typischen sogenannten „Seufzer der Mannheimer Schule" oder waren es Mozarts Seufzer in Mannheim? - Pamina! *[singt mit halber Stimme aus den ersten drei Takten der Arie der Pamina: „Ach, ich fühl's, es ist verschwunden..."]*

MOZART

Ich laß' das Mädel gern, das mich nicht will.

BEETHOVEN

Doch dann, Flötenmusik aus der Versenkung, die Zauberflöte in der gleichnamigen Oper! Hat nicht eine der vier Weberschen Schwestern gesagt, Aloysia am Ende selbst: Ihr wäret füreinander bestimmt gewesen, ihr hättet zusammen besser, wahrhaft glücklich und länger gelebt?

MOZART

Was interessiert Beethoven so ein Tratsch?

BEETHOVEN

Das wäre schon Ihre vorzüglichste Eigenschaft, Mæstro, sich in ihren Werken zu verstecken. Ich würde sagen, ich zeige mich in meiner Musik.

MOZART
Schnüffeln, Herumschnüffeln... Das Schnüffeln eines Spürhundes,- wie der akkordstotternde Beginn Ihrer Waldsteinsonate.

Musikeinspielung 5: Auszug Beethoven Klaviersonate Nr. 21, op. 53, Takte 1-10 orig., ff. (leicht bearbeitet).

[Mozart imitiert dazu im Takt das Geschnuppere eines Hundes.]

MOZART
Lassen Sie mich mal bei Ihnen die Nase reinstecken!
Diese Geschichte mit Ihrem Neffen, hat sie ihre unproduktiven Jahre verursacht oder geschah es eher umgekehrt: Weil Sie eh nichts mehr zu sagen hatten, stürzten Sie sich in dieses Abenteuer und ihren Neffen ins Unglück?

BEETHOVEN
Ich sag' ihm was: Lieber einen echten Neffen, als einen falschen Sohn!

MOZART
[fährt hoch] Hören Sie! Die beharrlichsten Spekulationen blühen doch gerade in Ihrer Biografie!

BEETHOVEN
Sie hatten eben keinen Schindler als Nachlassverwalter.

MOZART
Sie meinen ...den Schwindler. Hat er da geschwindelt, als er sagte, Seines Neffen Karls Suizidversuch (1826) hätte aus Ihm einen Greis gemacht? Etwas hat dieser schwere Schlag bei Ihnen zerbrochen. Und ...gleichzeitig aufgetan...?

Komposition 5 - Molto Vivace (01:15)

——> [4. Aufgabe des Kunstwerkes]

MOZART

Von diesem alles zermalmenden Bergsturz merke ich nichts in Ihrem letzten zu Lebzeiten vollendeten Werk vom selben Jahr (1826), dem Streichquartett Nr. 16. Kein Anzeichen von Ausgebrannt- oder Zerschlagensein, ganz im Gegenteil: Glut. Was für eine Energie in völliger Ausgeglichenheit! Im Angesicht des Abgrunds kein Taumeln. Was war die Quelle Ihrer Ruhe?

BEETHOVEN

Wenn schon Musik mehr sagt als alle Worte, wie wollen wir mit Worten ihrer Quelle nachspüren? Der Schleier schien - wenn auch nicht, sich zu lüften - so doch sich zu heben, höher zu flattern, im gleißenden Licht etwas zu enthüllen. Doch in dem Maß, in dem das Licht ihn durchdrang, blendete und verschleierte es umso mehr.
Die Musik erscheint in der Zeit. Uns war es damals unmöglich, von der himmlischen Musik eine Ahnung zu haben, in der Ewigkeit, in der es keine Zeit mehr gibt.

MOZART
… und keine zu späten Einsätze.

BEETHOVEN

Wenn es überhaupt so etwas wie Ewigkeit in der irdischen Geschichte gibt, standen wir beide mit einem Bein auf ihrer Grenze.

MOZART

[taumelt leicht, stößt einen Seufzer aus] Auch wenn wir klug sein müssen mit dem Begriff „unsterblich", denn dort unten geht ja nicht nur alles zu Ende, selbst die geistigsten Werke sind wie Staub. Meine Frage: Ist Ihre Musik nicht eher eine Art Handlungsaufforderung als Ästhetik?

BEETHOVEN

Eine Note, die nicht einen besseren Menschen macht, ist das Papier nicht wert.

MOZART

Aber allein Schönheit zu erfahren, macht doch schon einen besseren Menschen, einen, der sich etwas gönnen kann und anderen auch. Man muß doch in der Musik nur frei-legen, gar nichts hineinlegen.

BEETHOVEN

Dann wären wir alle unter Perücke und Knute verstunken.

MOZART

Hean's auf, ihr auf'blosener Prometheus *[bläht und plustert sich auf]* is' nix füa mi. Schaun's doch, wo die Menschheit hi'komma is'! Da' Titan Beethoven!

BEETHOVEN

... der nie um Geld betteln mußte. Haben Sie denn keine Ehrfurcht vor unserer Profession, die Armen aus der Finsternis zu erheben zum unsterblichen Licht, von bleierner Schwere in Düsternis gebundene Augen von der Dunkelheit zu befreien? Wahrheit, Schönheit, Freiheit, Freude, Sinn!

MOZART

Wir haben unsere Profession beherrscht.

BEETHOVEN

Ein formender Wille ist nötig, nicht nur „freilegen"! Wieviel menschlicher Geist in die Musik hineinlegt oder wieviel Schönheit in den zwölf Tönen schon vorgegeben ist, wieviel dem stufenlosen Klangkontinuum Strukturen entlockt oder in es hineingestaltet werden müssen - ähnlich wie aus dem einen gefrorenen Wasser unzählige Kristallformen zutage treten - bleibt ein Geheimnis.

Intermezzo

Von der Decke kommt ein länger werdender Faden herab, an dessen Ende ein schwarzes, knäuelartiges, sich bewegendes Etwas hängt.

B: Was ist das?

M: Das ist eine — Archivspinne.

B: Wie bitte?

M: Wundert mich auch. Hier, zwischen Zeit und Ewigkeit. Die sind überall.

B: Was heißt das jetzt? Will die was?

M: Man kann mit denen nicht reden. Sie wird höchstens in Kürze Gift spucken. Haben Sie etwas gesagt, das Sie nicht belegen können?

B: Bin ich nicht frei? Kann ich meine Meinung nicht ändern?

M: In der Ewigkeit nicht mehr *[greift sehr langsam nach einem Papierbogen, hebt ihn und schlägt auf die Spinne, die sich schnell nach oben zurückzieht.]*

B: Vielleicht wollte sie nur zustimmen.

M: Dann hätte ich sie freilich zu unrecht vertrieben.

BEETHOVEN
Wo wurden wir unterbrochen. Ach ja..... gestalten oder freilegen...

MOZART
Wichtig ist, was am Ende auf dem Papier steht.

BEETHOVEN
Ich gebe Ihnen doch im Kern recht: Wir stehen immer vor etwas, das nicht von uns stammt, das wir entdecken und dann bearbeiten. Wir haben es gefunden, aber nicht erfunden. Wir waren schon zu Lebzeiten der Wahrheit so nah und setzten einen großen Schritt dem besseren Menschsein entgegen.

MOZART
Auch ein Charakterschwein kann ein Genie sein.

BEETHOVEN
[starrt mit offenem Mund] Das stinkt ja im Kopf schlimmer als das alte Versailles in der Nase gerochen hat.

MOZART

Philosophische Denkgebäude, moralische Zeigefinger haben noch nie ein Meisterwerk hervorgebracht. Es gibt kein Rezept, keine Formel.

BEETHOVEN

Nicht nur für das Schöne, sondern auch für das Gute.

MOZART

Als Geschäftsmann waren Sie weniger anspruchsvoll. Ich kenn' da einen Komponisten, der hat ein und dasselbe Stück gleich mehreren Verlegern verkauft.

BEETHOVEN

Er kennt doch das Motto der Verleger: Nur ein toter Komponist ist ein guter Komponist. Ich habe gelernt und die 9. Sinfonie geschrieben. In meiner Musik gibt's keinen Puder, keine Perücke.

MOZART

Haben Sie bei all Ihrem Ringen und Erringen nicht gemerkt, daß man sich das Beste nur schenken lassen kann.

BEETHOVEN

Doch. Die schönsten Themen konnten aus einem Augenpaar in mein Herz schlüpfen.
Nach dem, was mir Karl angetan hat, mußte ich das Loslassen lernen. Mein Blick hat sich geändert. Vermutlich verlief die Grenze zwischen geschenkter Eingebung und aktiver Ideengestaltung bei jedem von uns nur anders. Einen egomanischen Selbsterschaffer hab' ich mitnichten abgegeben. Lesen Sie!

[zeigt auf ein Papier auf dem Tisch]

In der Freiheit des Künstlers muß sich entscheiden, wie Moral und Ästhetik zusammenhängen.

MOZART

[liest] „Weite meinen Geist, o hebe ihn aus dieser schweren Tiefe, durch Deine Kunst entzückt, damit er furchtlos strebe aufwärts in feurigem Schwunge. Denn Du, Du weißt allein, Du kannst allein begeistern." — Ein Gebet? —
Das Leben war berauschend. Es war so schön.

BEETHOVEN
Das war es.

MOZART

Das Tanzen, die Bälle... Sie ham's a' im Bluat g'habt, Beethoven. Das beweisen die tänzerischen Rhythmen in Ihren Sinfonien, mitreissend, unerbittlich.
Er war ein Tänzer wie ich, aber hat's net ausg'lebt.

Komposition 6 - Molto Vivace (00:45)

———> [5. Tod(esgründe)]

MOZART

Im Hoftheater bejubelt! Vom Kaiser eine Extra-Prise zugesteckt bekommen! Mein Erfolg war, mein Können zu genießen. In der Musik hat mir keiner was vor - und keiner was nachgemacht.

BEETHOVEN
Ihr Vater sprach von einem „Wunder".

MOZART

...ein Wunder des Himmels! Davon war er überzeugt.
Aber in Wien Kontakte zu knüpfen und zu pflegen, dazu hat's bei mir nicht gereicht. Entweder gutes Netzwerken oder gute Musik, beides zugleich geht nicht.

BEETHOVEN

Es ging. Es mußte gehen. Das nächtelange Durchtanzen, Mozart! Es kursieren ja Vermutungen, er sei letztlich ganz einfach an Erschöpfung gestorben.

MOZART

Wer hätte mir denn ausgeschlafenerweise eine Stellung geboten? *[nimmt ein anderes Schriftstück vom Tisch.]* Obduktionsbericht Beethoven: Leber - auf Hälfte geschrumpft, kaum durchblutet, Farbe blau-gräulich, *[in anderer Tonlage]* gebleiter Wein?

BEETHOVEN

[raschelt in Papieren] Bin gerade bei Ihrer Autopsie.

MOZART

Von mir gibt es keine Autopsie!

BEETHOVEN

Wolfgang Amadé Mozart, geboren 1756, starb am Montag, den 5. Dezember 1791, um fünf Minuten vor 1 Uhr nachts in seiner Wohnung in der Wiener Rauhensteingasse No. 970 (I. Bezirk) im Alter von 35 Jahren und zehn Monaten am „hitzigen Frieselfieber".

MOZART

Das ist hohes Fieber mit Hautausschlag.

BEETHOVEN

Rätselhafte Krankheit. ...und auch keinen ärztlich unterschriebenen Totenschein.

MOZART

Chronischer Geldmangel — lautet die Diagnose.

BEETHOVEN

Was für eine Beschönigung.

MOZART

Ich war jedenfalls kein Kaffeebohnenzähler, bewarf meine Dienstmädchen nicht mit schweren Gegenständen, litt nicht an Verfolgungswahn und der Vorstellung, vergiftet zu werden.

BEETHOVEN

Äußerte Er nicht Seiner Frau Konstanze gegenüber, Er sei sich sicher, vergiftet worden zu sein. Wußten Sie auch, von wem? Vielleicht vom Ehemann einer Schülerin?

MOZART

Sie spielen an auf den Hofkanzlisten. Er wollte seine Frau einen Tag nach meinem Ableben umbringen.

BEETHOVEN

Maria Magdalena Hofdemel. War ihr Kind mit dem Namen Johann Alexander Franz von Ihnen?

MOZART

Ich weiß, daß sie, als sie Ihnen beim Improvisieren zuhörte, gesagt haben soll, das gehe nun doch noch über Mozart. Schade, ich hätt's Ihnen noch zeigen können, Kollege.

BEETHOVEN

Ich war von der Geschichte so abgestoßen, daß ich ein Treffen mit ihr, das arrangiert werden sollte, ablehnte. Aber kommen Sie zu meiner Frage! War ihr Kind von Ihnen?

MOZART

Künstlerisch haben Sie sie mir also ausgespannt. Aber hätte mir jemand gesagt, daß der Beethoven eine Labertasche ist, hätt' ich's nicht geglaubt.

BEETHOVEN

Mit einer Rasierklinge hat sie ihr Mann entsetzlich im Gesicht entstellt. Das war das Thema in Wien - unter vorgehaltener Hand versteht sich. Unüblich, daß es von einer allseits als umwerfender Schönheit gepriesenen Frau kein Bild gibt.

MOZART

Alles Theorien. - Kommen wir lieber zu Ihren Damen. Oder sagen wir: Kandidatinnen? Josephine von Deym, geb. Brunsvik, spätere von Stackelberg, und... damit endete es nicht?

BEETHOVEN

Da schickt sich keine Unanständigkeit in Ihrem Ton!

MOZART

Ich dreh' den Spieß um, Herr Kollege. War „Anonim" - von vorne gesprochen „Minona"- Josephines neun Monate nach Seinem Brief an die „Unsterbliche Geliebte" geborene Tochter, etwa von Ihm? Ihrer Familie schien sie als die Einzige mit Genie unter ihnen, energisch, musikalisch höchstbegabt.

BEETHOVEN

Josephine ersehnte ich brennend als meine Ehefrau, sie mich auch. Unsere Ehe wäre möglich gewesen, hätte Josephine die Standesgrenze übersprungen. Aber sie wollte nicht mit dem Adelsstand auch noch das Erziehungsrecht über ihre Kinder aufgeben. So leistete sie wohl ihrer Familie keinen Widerstand mehr (ab 1807), als sie dazu überging, sich an der Tür verleugnen zu lassen, wenn ich unten stand. Sie sehen, auch mir hat das Feudalsystem übel mitgespielt. Josephines Schwester Therese schrieb Jahrzehnte nach Josephines Tod über uns: "Sie waren füreinander geboren", genau wie Aloysias Schwester in Bezug auf Sie, lieber Mozart, geschrieben hat. Da haben wir wirklich was gemeinsam.

MOZART

„Die unsterbliche Geliebte", das sind Ihre Worte. Und - Ihre Musik ist das auch...?

Komposition 7 - „Walzer der unsterblichen Geliebten" - Moderato (06:30)

MOZART

Standesunterschiede... Versorgungsehe... Alles nicht stichhaltig, wenn es darum geht, die Liebe zu wagen. Aus meiner Aloysia wurde Madame Lange. Nomen est omen. Sie hat lange gebraucht, bis sie gemerkt hat, daß ich der Richtige gewesen wäre.

Orchestersignal 2

MOZART

Gab es bei Ihnen eine Art Ausweichen vor einer endgültigen Bindung - aus Angst, die Musik käme zu kurz? Die Musik sei ja keine Person, wie Sie sagten und kann also nicht geliebt werden, nicht selbst die „Unsterbliche Geliebte" sein. Wenn sie, die Musik, es für uns gewesen wäre, hätten wir nur unser Ego auf den Thron gesetzt.

BEETHOVEN

Es war sicher eine Versuchung, niemanden an unser Inneres, an unser Reißbrett heranzulassen, keine letzte Nähe zu dulden. Aber Sie haben sicher genauso gemerkt wie ich, daß nur ein erfülltes Leben Quelle für musikalisches Schaffen sein kann, weil es sonst gar nichts auszudrücken gäbe. Die Musik ist Ausdruck, nicht das Leben selbst, ein besonderes Licht das die tiefsten Schluchten und höchsten Gipfel erst sichtbar werden läßt.

Musikeinspielung 6: Auszug Beethoven 5. Klavierkonzert, 2. Satz [beginnt mit: „Indem sie..." und endet bei: "Ersatz kann Musik niemals sein."]

BEETHOVEN

Indem sie ein Geheimnis verschleiert, lässt sie Umrisse erahnen, die in Worten nicht fassbar sind.

MOZART

(...) Im 2. Satz Ihres 5. Klavierkonzerts... wenn das Klavier einsetzt... das ist musikalisch so wenig, eigentlich nichts, eine läppische H-Dur-Tonleiter. (...) Aber was sie umhüllt, nicht zu berühren wagt und in Umrissen andeutet - da scheint mir, verstehe ich ihn. So etwas aufs Papier zu bringen, entschädigt das nicht für viel Mißglücktes im Leben?

BEETHOVEN

Nein. Mein Verstummen auf Josephines Tod im März '21 ließ mich erfahren: Ersatz kann Musik niemals sein.

MOZART

Dvořák und Bach scheint die Einheit von Ehe- und Künstlerleben geglückt zu sein.

BEETHOVEN

Ich wäre bereit gewesen, aber die Standesgrenze hat uns einen Strich durch die Rechnung gemacht.

MOZART

Für einen Mann ihres moralischen Anspruchs mildernde Umstände.

BEETHOVEN

Was meint er? *[atmet tief durch]*
Ich sehe einen Ausspruch eines bedeutenden Kapellmeisters in unser beider Zukunft: „Ein Komponist, der so eine Musik schreibt, muß man ihm nicht alles verzeihen?"

MOZART

Schön wär's! Gilt aber auch einem anderen, noch ungeborenen Komponisten von uns aus gesehen, ...

BEETHOVEN

...zu dessen Zeit der Geniewahn lichterlohe Flammen schlug, der im Debakel enden wird und als dessen Fundament die Menschheit meinen Grabstein erkoren zu haben scheint. Sie, Mozart, haben ja keinen.

——> **[6. Grenzen der Kunst]**

MOZART

Ich hatte recht, von Ihnen würde man noch viel hören.
Aber sagen Sie: Wo sind wir hier eigentlich?

BEETHOVEN

Es scheint mir erstaunlich, daß zwischen Zeit und Ewigkeit ein Weg verläuft, sich eine Entwicklung ereignen kann.

MOZART

Mein Blickfeld weitet sich jedesmal, wenn ich hinsehe!

BEETHOVEN

Mich wundert, warum wir hier gezwungen sind, uns in irdischer Sprache auszutauschen.

MOZART

Das weiß Gott.

BEETHOVEN

Oder ist es für das Gedankenspiel eines Wurms?

MOZART

Was erkennen Sie, Beethoven, das sich nicht in irdischer Sprache ausdrücken läßt?

BEETHOVEN

Sie gefallen mir. Wie soll ich das denn in dieser Sprache sagen? Schon in der Welt kleidete sich das Wesentliche, das Leben, die Liebe, in Musik.

MOZART

Ich *war* Musik. Mehr als Sie. Das Sein kommt vor der Tat. Entschuldigen Sie, daß ich so hochmütig bin. Aber jetzt steht mir der in Worten auszusprechende Sinn vor Augen, den ich nicht wahrhaben wollte.

BEETHOVEN

Bei Gott haben wir ein größeres Denkmal durch das erlittene Unrecht als durch unsere Symphonien. *[deutet halb überrascht, halb entsetzt in den Raum]* Da! Schau er! Ist da wer?

MOZART

Sie sprachen von diesem Weg zwischen Zeit und Ewigkeit. Die irdische Größe, nach der uns verlangt hat - wie mein Vater es nannte: ein Kapellmeister, von dem man noch in hundert Jahren spricht - jetzt hier bedeutet uns das doch keinen Eierschwammerl.

BEETHOVEN

Was sich dort unten als wahr erwies, glänzt auch hier, im Vorhof aller gelösten Rätsel, als wahr.

MOZART

[Pff] Erzähl' er doch keinen Topfen! In Musik kann man nicht daherpalavern. Musik kann nicht lügen. Sie ist die einzige Disziplin, in der Schein und Sein, Oberfläche und Inhalt identisch sind.

BEETHOVEN

Wie dann Ihr geschätzter Kollege Salieri doch schön bei der Wahrheit blieb. *[Kleine Pause. Die beiden überlegen.]*

MOZART

Der Feudalismus hat uns begünstigt. Freiere Epochen spielen lieber unsere als ihre eigene Musik.

BEETHOVEN

Freiere Epochen? Wir durften wenigstens scheußliche Musik so nennen, und wenn der Kaiser höchstpersönlich uns sein Ohr lieh. Unsere Gipfel zu erklimmen, oder gar höhere, haben die Leute nach uns nicht mehr gewagt.

MOZART

Darum spielen sie uns endlos in einer - schauen Sie nur! - verstaubten Museumskultur, äh' goa'stig! Immer die gleichen Stücke rauf und runter. Das ist schlimmer als langweilig, das ist mausetot.

BEETHOVEN

Das hat einen einfachen Grund: Es sind Meisterwerke. Besonders meine 9. hat sich klar an die neue Menschheit gewandt.

MOZART

...neue Menschheit. Der Spät-89er! War Ihnen wirklich so klar, wo Sie die Menschheit hinverändern wollten?

BEETHOVEN

Weg vom alten System.

MOZART

Weg genügt nicht, man muß auch wissen wohin. Niederreißen kann jeder. Wie weit sind Sie mit Ihrem Neuaufbau gekommen?

BEETHOVEN

Bis übers Sternenzelt, Bruder. Seine Zauberflöte reüssierte ja auch schon beim einfachen Volk, nicht mehr im alten System.

MOZART

Haben denn diese Jahrhunderte nach uns nur eine eingeschränkte eigene Kreativität hervorgebracht, gar wenig Werke, die auch nur halb so geliebt werden wie die unsrigen? Schauen Sie doch die Opernspielpläne an in den Jahrhunderten nach uns! Nennen Sie das Entwicklung? Cosí fan tutte, Entführung, Don Giovanni, Zauberflöte, gut.... Fidelio..., noch eine Handvoll weiterer Stücke, dann regelmäßig eine dieser Urabführungen, und dann wieder von vorn - mit Cosí.

BEETHOVEN
Zu allen Zeiten kennen zu wenige Menschen gute Musik. Sie müssen die großen, den gebildeten Ohren allzu bekannten Werke zuallererst kennenlernen.

MOZART
Waren es wirklich wir, die unübertroffen blieben im Erfahrbarmachen der Schönheit?

BEETHOVEN
Letztlich zählt, was den Menschen ins Herz geschrieben bleibt. Menschen, die tiefer schürfen, werden zu uns kommen und weiterbauen.

MOZART
Aber wenn die Menschen nicht mehr suchen? -

Komposition 8 - Allegro moderato (05:45)

——> [7. Werk und Geschichte]

MOZART
Durch die Jahrhunderte immer dasselbe Theater: Jede Epoche preist „Die freie Kunst" und ihre eigenen Künstler als „frei", auch wenn in ihr die ärgste Diktatur die Menschen knechtet und sie selbst voll politischer Lakaien ist.

BEETHOVEN
Einem guten Fürsten kann man es merken lassen, wenn man ihn durchschaut. Das wird ihm sogar noch zur Ehre gereichen. Bei ei-

nem schlechten führt es in den Bereich zwischen Karriereende und...

MOZART

... ungeklärtem Ableben.

BEETHOVEN

In dem Punkt deckt sich Ihre Beobachtung mit der meinen. War unsere Zeit gar die freieste von allen? Für den Glanz eines Fürstenhauses zu komponieren, was uns beide eh nur noch eingeschränkt traf, war so übel nicht.

MOZART

[kratzt sich an der Perücke]
Blutsaugende Läuse zu allen Zeiten.

BEETHOVEN

Und schauen Sie da hinüber, ihre Jupiter-Sinfonie, ... und meine 9., müssen beide einmal für diese, hundert Jahre später für die andere, ebenso erbärmliche Beugung der Freiheit herhalten. Mißbrauch! Die soll der Schinder holen!

MOZART

Aber die Stille, den Frieden, den wir in Klängen gezeichnet haben, kann uns niemand nehmen. Selbst den Menschenschindern sei er gegönnt, wenn sie ihn denn haben wollten. Da können sie uns vierteilen für diese sanft hingestreute Geste aller Zärtlichkeit der Welt... für eine Ewigkeit.

Komposition 9 - „Friede" - Larghetto (06:00)

MOZART

Mein Strampeln um Freiheit, zumindest in meinem Leben, ist mir mißglückt. Ihnen nicht.

BEETHOVEN

Sagten Sie nicht, auch ein Schwein könne ein Genie sein. Ich habe um den aufrechten Gang gekämpft, vor mir selber, nicht nur auf der Theaterbühne der Welt. Ihnen, Maestro, will ich nichts vorwerfen. Sie haben sich eben bewußt oder unbewußt aufsaugen lassen - von der Musik.

MOZART

Das Schmunzeln steht Ihnen gut. Meinen Sie, die Kunst allein, als Kompaß, taugt nicht?

BEETHOVEN

Da! Jetzt hab' ich's wieder gesehen.

MOZART

Entschuldigung, ich will nicht unnötig nachbohren, nur Ihre Gefühle bis auf den Grund verstehen, Ihre Musik besser auskosten. *[greift einen Papierstoß auf]* Über Josephine schrieb Jahrzehnte nach ihrem Tod deren Schwester, Therese von Brunsvik: *"Welche Kämpfe! Welche Auftritte 1815 und '16! Von da an war ihr schwindendes Leben eine schreckliche Zerrissenheit."* Zwei Jahre nach der Zeitspanne, auf die sich diese Zeilen beziehen, schrieb Josephine am 8. April 1818 an Sie, Beethoven: *„Was deine Erscheinung in meinen Empfindungen weckt, kann ich nicht schildern… In eins zusammen schmelzen kann nur dann geschehen, wenn zuerst in eins geschmolzen wir sind mit dem Ewigen . . .“* Das klingt mir - nach Frau Beethoven.
Die Musik, das wissen wir schon, ist keine Person, kann nicht geliebt werden. Wer das glaubt, geht zugrunde. Das Ziel unserer Sehnsucht ist immer ein Jemand, nicht einfach eine Melodie, auch nicht der heiß begehrte Ruhm. Schuld, Verdienst, Verantwortung, Rechenschaft betreffen auch uns, die Genies, die vor dem höchsten Geheimnis spielenden Kinder.

BEETHOVEN

Ich weiß nicht, worauf Sie hinauswollen. Schlimmer, als zu fallen, ist, nicht wieder aufzustehen.

MOZART

Wir sind ja auf dem guten Weg, mit dem letzten Rest der Zeit auch alles Unwissen hinter uns zu lassen. Sie haben es vorhin zu recht angedeutet. Wir haben vielen Menschen eine Ahnung davon gegeben, daß ihr Leben kostbar ist, die Erfahrung einer verborgenen Vollkommenheit, die den Wert des Lebens bewußt macht und den Menschen aufbaut, auch jene, die das nicht durch Musik erfahren müssen. Alle, ganz Arme und ganz Reiche, haben ihre Musik. Was die Musik eigentlich ist? Ganz Bauch und ganz Kopf, gespannte Sehnen und gespanntes Sehnen.

Haben Sie auch gelesen, was auf Minonas Grabstein aus ihrem Todesjahr 1897 steht: *„Wenn der Wind darüber geht, so ist sie nimmer da, und ihre Stätte kennet sie nicht mehr."* [3] Hat sie von ihrer Herkunft erst in der Ewigkeit erfahren?

Wir können nicht sagen, daß die Regel der Vergänglichkeit nicht auch für uns gelte, Herr Kollege. Wer weiß, ob die Jahrtausende bis zum jüngsten Tag ausreichen, unsere Namen nicht vom Vergessen einholen zu lassen. Vor Gott ist das kleinste, im letzten Winkel der Erde zu früh verstorbene Kind ebensowenig vergessen wie wir. Aber im Falle Minonas, Ihrer mutmaßlichen Tochter, bekommen diese unauskostbaren Worte einen ganz besonderen Klang. Wenn das mal keine Inspiration wert ist!

BEETHOVEN

Hier. Es ist...

——> **[8. Die unsterbliche Geliebte]**

---

[3] Ps 103,16

Die [Unsterbliche Geliebte] tritt auf, scheinbar ohne die beiden zu sehen. Sie singt zum Publikum, anfangs hinter einem voll Licht webenden Schleier.

Komposition 10 - Andante (07:15)

Wie eine Faser zu sein,
in seinem Herz zum Schlag geballt,
der Jahrtausende in Millionen Herzen verhallt,
gefesselt in Sehnsucht, die nie versiegt,
Saite, an den Bogen geschmiegt,
der die Welt durchschwingt,
Vibrato, das nicht verklingt.

Sie kann nicht vergehen,
süßen Geheimnis' versunkene Welt.
Herz zum Schlag geballt,
der durch Äonen hallt.
Bogen, der die Welt durchschwingt,
Vibrato, das nicht verklingt.

Die für einander Bestimmten,
im Leben vereint,
hätte der Tod verschont.
An den von fern aneinander Verglimmten
war ihm der Dienst
allzu leicht entlohnt.

Keine Säle voll Reigen,
nur Gassen in Schweigen.
Die Trommel gerissen,
gesprungen die Glocken,
versunken das Horn,
In Sehnsucht gespannt,
zur Wirkkraft entbrannt.

Nie wird jemand seine Musik hören wie ich.
Was ist seine Musik für die andern?
Ein Lichtkegel in ihre Seele,
unbekannte Worte einer versunkenen Sprache,
für mich aber: Innerste Verbundenheit.

Die für einander Bestimmten,
von fern aneinander Verglimmten,
haben den Tod entthront.

Sekunde, die fließt
zum Ende der Zeit,
schmelzende Frist
seinem Blick bereit,
Tinte an seinem Federkiel,
vorherbestimmt seiner Finger Spiel.

Ich bin die Person, die überlebt,
die durch Asche und Staub
ihrer Unvergänglichkeit unberaubt,
für ewig umschwebt
was meine Liebe immer geglaubt.

25. März 2020 - © Nikolaus Schapfl

**Erläuterungen zu den im Text angeführten Themen-
schwerpunkten:**

1. Dienstherren und Schaffensbedingungen
Der Künstler als Abhängiger, der ein zweckungebundenes Kunstwerk schafft? Für den Glanz eines Fürstenhauses zu schreiben,
war für Mozart Grundbestandteil seiner Arbeit. Beethoven hingegen
wurde vom Adelsstand finanziert, für dessen Überwindung er
gleichzeitig den Boden bereitete.

2. Werke und Arbeitsweisen im Vergleich
Mozarts Manuskripte weisen praktisch keine Streichungen auf, wenig oder nichts, was auf einen intensiven Arbeitsprozess schließen
ließe, ganz im Gegenteil zu Beethovens Hin- und Her-Erwägen
über lange Zeiträume. Die beiden Protagonisten beleuchten ihre
Arbeitsweise und Inspirationsquellen.

3. Frauen und Familie
Das Thema der Liebe - v.a. der unerfüllten - als Motor künstleri-
schen Schaffens, die Familie als Hort der Geborgenheit, Energie-
quelle oder Hemmschuh? Das Schicksal der Liebe über Standes-
grenzen hinweg, siehe u.a. Josephine von Brunsvik, Witwe v.
Deym, die Beethovens Antrag angenommen hätte, hätte sie nicht
gleichzeitig mit dem Adelsstand auch das Erziehungsrecht über
ihre Kinder aufgeben müssen.
Constanzes Aussage: „Er war mir nicht treu".

4. Aufgabe des Kunstwerkes
Das Kunstwerk als Bereiter des neuen Bewußtseins oder als
Schmuck für die Machthaber?

5. Tod(esgründe)
Gemeinsame Erwägungen über den Tod angefangen von Mozarts
Aussage an seine Frau Constanze „Gewiß, man hat mir Gift gege-
ben" bis Schindlers Aussage, seines Neffen Karls Suizidversuch

hätte aus Beethoven einen Greis gemacht. Mögliche Änderungen im Schaffen bei sich abzeichnendem Lebensende.

6. Grenzen der Kunst
Was kann ein Kunstwerk dauerhaft bewirken bzw. was kann es alleine leisten? Ewigkeit, Vergänglichkeit der Nachwelt - was ist auch wichtiger Bestandteil des Weltbildes eines Künstlers darüberhinaus?

7. Werk und Geschichte
Mißbrauch von Kunstwerken in der Geschichte, Ausgeliefertsein von Meisterwerken an die Interpretationsinteressen einer Epoche oder Unverbiegbarkeit von Genie und Schöpferwillen?

8. Die unsterbliche Geliebte
Die konkrete Adressatin von Beethovens Brief „An die unsterbliche Geliebte" und die Rolle unerfüllter Sehnsucht.

Nikolaus Schapfl (Text und Musik)
wurde 1963 in München geboren. Er stu-
dierte Komposition am Salzburger Mozarteum und an der Musikuniversität Wien.
Als erster erhielt er durch die Erben Saint-
Exupérys die Vertonungsgenehmigung zu
dessen Weltklassiker DER KLEINE
PRINZ, nachdem 75 Komponisten abge-
lehnt worden waren. Diese Oper wurde
2003 in Salzburg uraufgeführt und seither
fortlaufend über hundert Mal gespielt

(szenische Uraufführung 2006 am Badischen Staatstheater, szeni-
sche Erstaufführung in Österreich 2019). Nikolaus Schapfl schrieb
die Musik zum Film DER TEMPLER von Oskargewinner von
Henckel-Donnersmarck, sowie Kammer-, Klavier-, Chormusik und
Lieder. 2017 gelangte sein Oratorium BRIGITTE in Berlin durch
den tschechischen Chor Permoník zur im TV live ausgestrahlten
Uraufführung. Aktuell arbeitet er an der Oper CARAVAGGIO (Libretto: Matthew Faulk) über das Leben des revolutionären Malers,
der vielen als Begründer der Moderne gilt.

Dr. Herbert Groeger (Idee) war bis 2007 Geschäftsführer einer international operierenden Unternehmensberatung. Neben seinen beruflichen Aktivitäten hat er sich seit über 35 Jahren der Förderung junger Musiker mit hoher Begabung (Meisterkurse, Konzerte, Stipendien, Instrumenten-Leihgaben) verschrieben. In Bad Honnef nahe Bonn und fast 1 1/2 Jahrzehnte in Salzburg lebend, waren ehrenamtliches Engagement in ver-  schieden Gremien der Musik die Folge, z.B. Vorsitzender der Internationalen Musikakademie für Solisten (IMAS), Hannover (2002-2008), Mitglied des Kuratoriums (2008-2013); Stiftungsrat der Hübel Stiftung, Liechtenstein an der Universität Mozarteum Salzburg (2002-2014); Mitglied des Vorstandes ´Young Classic Europe´ - Passau, Salzburg, Comer See (2004-2011), derzeit Mitglied des Kuratoriums; Ehrenamtliche Expertentätigkeit im Bereich ´Musik´ für das Touristikunternehmen ´Robinson/ TUI´, Hannover.
Seit 2009 Produzent bzw. Co-Produzent von Kammeropern.

Nikolaus Schapfl

Mæstro Mozart, I am Beethoven!

Based on an idea by Dr Herbert Groeger

Insights from an imaginary conversation

Translated by Matthew Faulk

Content

FOREWORD by Dr Herbert Groeger

It was already back in mid-2014 that, as a cultural professional, I came up with the idea of a fictional meeting between those two musical giants, Wolfgang Amadeus Mozart and Ludwig van Beethoven. The idea of Beethoven's 250th Birthday flickered briefly, but the celebratory year was still some way off in 2020. So what is behind the decision to create this fictional dialogue?
The sixteen-year-old Beethoven came to Vienna in 1787 and wanted lessons with either Haydn or Mozart. Mozart was preoccupied with his work on Don Giovanni and never received Beethoven. When Beethoven came for the second time in 1792, Mozart had already died.
Collecting the material for the dialogue between Mozart and Beethoven involved longs walks in Siebengebirge near Bonn for the composer and lyricist Nikolaus Schapfl and the creator Herbert Groeger, echoing the spirit of that enthusiastic wanderer, Beethoven.
A refining of the dialogue's themes was required on the grounds of the hugely wide musically historic spectrum of these two grand masters.
Goethe's statement - 'The first time, since the idea is still new for us, everything is fresh and better' (J W von Goethe, Letter to Schiller, 19 July 1799) proved itself entirely true for 'Maestro Mozart, I am Beethoven' in all the stages of the project development. Until 2016, Schapfl chose the following topics which served as a guide for his writing-process before his ideas fully crystallized.
(see explanations on page 97.)

- Employers and creative conditions
- Comparison of values and working methods
- Wives and family
- The task of the artworks
- Death and its reasons
- The borders of the artworks

- Works and History
- The Immortal Beloved.

The text is based on the language of the characters, combining gravity and humour, remaining close to the actual history, and is both energetic and entertaining.

The music ranges from harmonic to atonal. It sensitively and delicately explores the unfathomable depths of both geniuses, and describes the tragic events of the composers' lives in explosive dissonance or contemplative minor. Beethoven's temperament is sounded out in unexpected rhythmic accents, Mozart's love of life in exuberant tempi.

We have settled on an historically fitting location in Vienna for this fictional encounter between Beethoven and Mozart, where the 'genius loci' was absorbed by one of our two geniuses. The 'Pfarrwirt' in the Pfarrplatz in Heiligenstadt offers an ideal location, as Beethoven rented an apartment in the semi-detached house of the Mayer winery, and worked here on his 9th symphony, a work he was unable ever to hear because of his tragic deafness. (First performance of 'Maestro Mozart! I am Beethoven' on 29.10.2020 in Pfarrwirt, Wien-Heiligenstadt)

Text and composition are inspired by these two unique creators of masterworks, Beethoven and Mozart, and the traces of Mozart and Beethoven found in Vienna, Salzburg and Bonn. It only remains to wish the well-disposed reader much listening and reading pleasure, and we recommend that it be accompanied with a glass of wine.

Bonn, March 2020

We do not know, if there was really a meeting between Mozart and Beethoven, or even a conversation. One possibility for a meeting would have been the year 1787, when Beethoven was briefly in Vienna. But according to the historian Brigitte Hamann, all the legends that exist of a purported meeting are sadly untrue. In music historical circles it is believed that it's possible Mozart did not take Beethoven as a pupil in 1787 because it could have given rise to talk in the respective courts of Bonn of Vienna, which were closely politically allied. Also, one has little chance of finding amongst Mozart's pupils, those that lack the essential attributes of being either rich or female. In July 1792, when Haydn stopped over in Bonn on his return from England, Count Ferdinand Ernst von Waldstein, one of Beethoven's first aristocratic sponsors, wrote in his journal that Beethoven would receive 'Mozart's spirit from Haydn's hands".

The planned study visit to Vienna of 1792 became permanent residence in the (at least then) musical capital of the world. Beethoven had performed Mozart piano concerti as well as playing the viola in performances of Mozart's opera in Bonn, and therefore was a connoisseur of his music, and alongside Haydn, amongst the most outstanding minds, if not the most outstanding, that grasped the deepest meaning of his music.

What fuel might a fictive meeting of Mozart and Beethoven contain for stage, film, composition, musicology or history? Of course the point on which an author must stand is tiny and historically dimensionless. Therefore his footprint may easily exceed its dimensions. Although the author of this piece may not be a great writer, he may be granted a good measure of artistic freedom, and this will give him the happy opportunity of understanding what it is to be an artist, whilst floating free in a world that is nakedly utilitarian, but at the same time, longs for profundity.

If Mozart and Beethoven's dialogue stays in the realm of historical possibility, and therefore occurs in 1787, Beethoven's essential works would not be forthcoming, we would have only the young Beethoven without any significant compositional milestones, and we could only present only a shapeless profile, that could never be fitting for this young man.

Accordingly, it is important to imagine a meeting in which Mozart recognises Beethoven's genius and has an idea of the great musical developments that will come in his near future. The disadvantage of his narrative method: Beethoven stays reduced to being a young 'storm and stresser'. The following treatment of the situation could result - Mozart is exhausted, disillusioned, at the end of his life (the mood of the last piano concerto KV 595, the failure of Titus, *.... I can not explain this sensation, it is a certain emptiness, that really hurts me - a certain longing that can never be stilled ...* (letter to Constanze of 7 July 1791) but also rejoicing over the success of the The Magic Flute. Both composers treat the situation of art and musical creations in 1790 from their respective points of view. The second possibility for narrative rules? There will be a permeable dimension of time, that the listener only gradually notices, a sort of impermeability that at least in the beginning is undefined. The listener notices that Mozart can see Beethoven's life after his own death. The conversation takes place more and more clearly from a meta-temporal perspective, and stays in the specific voice of two highest creators of music of their age, who also are notably ahead of their contemporaries: that allows them knowledge of the time after them, and to assess both their music and the aftermath of their work. The author opts for narrative method 2.

Salzburg, June 2017

A DARK STAGE.

MUSIC PLAYS. **COMPOSITION 1** - Adagio (01:30)

You can **listen to the audio** file on the Internet by scanning the QR code with your smartphone. User: m1 / password: mer1s1

Then - the lights fade up. On MOZART, who sits at a table, deeply engrossed in a score. Beethoven enters. He stops - looks around - before approaching Mozart. Standing before him. Marching up to the desk. Announcing himself.

1 - EMPLOYERS AND CREATIVE CONDITIONS

BEETHOVEN
Maestro. Mozart ...

Mozart continues to study the score. Not looking up.

BEETHOVEN
I am Beethoven!

Now MOZART looks up.
MOZART
Beethoven! Van. Oh, how amusing we should meet here. Wherever here is ...
He looks around. Snickers.

MOZART
... this is something even Shickaneader couldn't have thought up!

He looks down at this score again. Beethoven clears his throat.

BEETHOVEN
May I ask what you are studying quite so intently?

MOZART

Studying? Well, these - what should I call them? - chords of yours! My God, Man! I heard you were of a dark disposition. But these, gross clashing, bashing, gnashing …

MUSIC EXAMPLE 1 *A Piano. The chords from bar 308 of the 'Pathetique' Sonata, op. 13, 1st Movement.*

Then Mozart speaks, in a deliberately vulgar accent.

MOZART

Frankly, mate, they're an offence to the bloody earhole!

BEETHOVEN speaks angrily.

BEETHOVEN

Perhaps you should take that stinking old wig off before the lice crawl out and do your 'earholes' some real damage!

MOZART laughs good naturedly. And looks up, smiling at the scowling BEETHOVEN.

MOZART

Ah, yes, Van! I've heard all about you and your much noted 'attitude'. You are the great freelancer. The unattached, the unfettered revolutionary! Of whom no-one may speak ill as an independent artist, you stand aloft. Ah, what a great step forward! No more depending on the judgement of some Riesling sodden, mule-faced princeling. No, of course not. Nevertheless, when I see the result of this progress, I regret that it may yet have brought the end of good taste. (*Mocking French accent*) De bon gout!

BEETHOVEN turns to the audience. Speaking his thoughts to them.

BEETHOVEN

My God, if anyone else spoke to me in this manner, I'd clout them! But not him. I admit I want to understand his prodigious proficiency

- those chromatics - tight, exquisite, exhausting, no room to breathe (*Working himself up*) The pregnant-painful, ungraspable sighing softness of his minor tones. Pure light!

MOZART seems to hear.
MOZART
Yes, I'm sorry about the light. But I have to watch it with the candles. Save what I can. I learned to be thrifty, you see. It's a habit. Like when I was cleaned out by that trip to Frankfurt - for the Imperial Coronation. One was obliged to go, but one had to pay one's own way. Not the toffy nosed little hangers on of course, - they had their expenses met.

BEETHOVEN
But your position at court meant you had to ...

MOZART
I couldn't bear those people of the second rank - but they made all the decisions, you see...

BEETHOVEN
So, in other words, you couldn't show them the contempt they might so richly deserve - because you never knew when you might need them.

MOZART
Oh, come on, the nobility propped you up for quite a while, didn't they? They thought you might be one of them. Didn't they? Thanks to that helpful 'Van' before your name.

BEETHOVEN
They were mistaken.

MOZART
In a sense. But you vanquished them, didn't you, Van? You pulled it off. You really did. I sank in Their Graces' favour, but you - and it was a spectacular achievement, I'll give you that - you with your,

what was it called? 'Eroica?', your homage to Bonaparte? The thief of Europe? The very coagulator of their blue blood?! You created a monument to this scourge of princes. Right in front of them! And yet you prospered. Impressive!

BEETHOVEN
You're right. That's what you have to do with the aristocracy. Impress them.

MOZART
Well, you certainly did, didn't you, Van?

BEETHOVEN
I dedicated the Eroica to Prince Lobkowitz - God bless his sacred memory - and yes, I gave it the title 'Bonaparte'. Because I wouldn't bow, and I don't scrape. As even you may now know, I made that clear to Goethe, von Goethe - that time we were in the Teplitz gardens, some twenty years after you'd popped your clogs. I told him, he should not abase himself in the presence of the Empress or her Dukes. But he bowed down - low - and I refused. My head stayed high. You see to me, a friend was a friend, Prince or not.

MOZART
Friends, well ... the high and mighty were at least 'generous' to me,- 'bountiful' you might say.

BEETHOVEN
Kings and Emperors may use their bounty to create Professors and Privy Counsellors, and hang orders of merit around their stooping necks. But what they can't create are great men. You know, when Jerome Bonaparte summoned me to Kassel with the offer of a position, I played the interested party, pricked up my ears, sniffed like an interested ferret - but fearful of losing me, those great Princes paid for me to stay in Vienna.

MOZART
First time I tried to take them on was in Salzburg. But all I got was a kick up the backside.

BEETHOVEN

A kick up the backside? From Count Arco. Secretary to Archbishop Coloredo. Didn't hurt. Just a tickle.

MOZART

No - it was the words that wounded me more - guttersnipe, idiot, wretch, upstart. My fault - I turned my back on the Prince Archbishop in Salzburg, and if you turn your back on the Aristocracy .... boof ... you get a kick up the arse! But when I did get to Vienna I tell you, I was well rewarded. I earned more than you ever did, my worthy friend, much more. Look, over there! (*He points to a space to one side of the stage*). I was raking it in. But Arco made a highly pertinent prediction. That the fickle Viennese would lap me up at first. Just for a while. But then - as he predicted - they hung me out to dry. And I was left to starve. My fault. I screwed it up, to tell you the truth. It was 'Figaro' - that's what really done it. I made mockery of our lords and masters and that's not allowed. A lowly fellow who does not (*he rises and bows deeply*) to the highest, most worthy ... well, I was an idiot, and it was all sh ...

BEETHOVEN
None of your obscenities - please ...

MOZART
Shh ... surely an error on my part.

BEETHOVEN

That you had the nerve to write such a thing shows a thick skin - as behoves a Maestro.

MOZART

True. The Empress called my 'Titus' a *porcheria tesdesca* - German filth. Charming!

BEETHOVEN

They never really tried to bring me down. You know, most men fear the smell of powder, but there is the reek of battle about me.

MOZART

... and there were even raised fists, so I understand? Against a Prince, no less ... so they say ...

BEETHOVEN

... if you're talking about the time Prince Lichnowski went for me, that was self-defense. Yes, I had refused to play for his gang of French louts. Yes, he burst into my room. And yes, I was about to bash him with his chair. But in walks Count Oppersdorf. And interpolates himself between us, preventing the blow. Yes, that Oppersdorf, who commissioned my fourth and fifth symphonies.

MOZART

Well - that's bloody marvellous, Van!

BEETHOVEN

Tja! You see, Lichnowski wanted to decorate himself with art. As it were some meaningless adornment. Art! Which should be free, unfettered! After I left that evening, I wrote him a letter. I told him - princes like him come in their thousands, but there's only one Beethoven.

MOZART

[shakes his head, grinning.]

BEETHOVEN

I wasn't really talking about myself. But you cannot present a work of art that promotes freedom and equality for all mankind, and do it from the perspective of a serf. I wasn't being arrogant. Freedom roots itself in the earth, and is watered by courage, and when necessary, by blood.

MOZART

Ah yes, you are a real revolutionary. Tolerated and recognised as such. Well, in my case, it was only my thoughts that could run free, but nothing else. In my day, it was still the world of master and servant.

BEETHOVEN

Well, I tell you, Truth will not tolerate lapdogs, or ephemeral fools who take orders from above and go on their journey as fellow travellers!

MOZART

O Beethoven! What would you do in this new age where there are no more nobles to 'oblige' ...

[He rubs his thumb and finger together in the 'money' gesture.]

... just an ill-defined, intangible, over-class ...

[He points in a direction.]

... who would confine artists in the most narrow of strictures, and permit only a tightly prescribed order of aesthetic knitting patterns. Who would you rebel against, if there were no more Lichnowskis, who just let Beethoven be Beethoven?

BEETHOVEN

What are you talking about? Would you close the gates before Mankind's freedom?

MOZART

Look there, right in front of you - oh my God! What can I see? Not only a crackdown on free art, no. I may be wrong but ..

[He stands on tip-toe.]

... isn't there a risk here that all the masterworks in history will be destroyed in the name of a liberated humanity?

BEETHOVEN *(Grinning)*

Such a thing would only come at very end of human history. For a true despot will not accept anything that might outlive him, not even an artistic masterwork. There is nothing that the corrupt or evil fear more than good music, especially when it is new.

MOZART

I like the way you grin. This self confidence. As you once wrote - 'may it go from heart to heart'. Your heart surely drew people in - and broke their fetters and bindings.

MUSIC PLAYS - **COMPOSITION 2** - Allegro (10:15)

MOZART

Your storming and stressing - I don't always understand it. It makes me dizzy. Speaking frankly, I also mastered this fiery flight, but I realised that when it comes to true profundity, what makes the listener pause, the resonance of a secret that lies far beyond the simple notes, well ... I was not fooled. Your roaring, foam drenched waves just run up my shore and seep away into the sand - and you end up exactly where I started.

BEETHOVEN

Yes, I see how you pucker your lips like a some coffee slurper at a roccoco table. Your memorial is protected by your powdered wig and lace sleeves.

MOZART

I too was able to scratch at that which is timeless behind time, my dear Colleague.

BEETHOVEN

Your work may be a witness to inner freedom. But that is the freedom for slaves, even if it is a victory of the spirit. Freedom stirred my very bones. I knew that change would bring its own rewards.

MOZART

I'll give that you were a revolutionary, and in truth, quite a special one. For you broke chains without any violence!

BEETHOVEN

There have always been artists who were resistant to tyranny. And there were always sponsors for them, publicly or privately, who understood that the sun can steal through cellar slits and cause pale seedlings to become great trees. Princes may also be released from their chains.

MOZART

Sponsors! Well, you may have had some - I didn't. It all went swimmingly for you!

He makes a swimming gesture - but inwards rather than outwards.

MOZART

Be embraced, ye millions! You, Sir, belong to the richest five per-cent of Vienna. A major share holder!

BEETHOVEN

And now you're good with figures!

MOZART

Isn't there in fact a fortune that lies behind that tatty frock coat of yours?

BEETHOVEN

... says the greatest bankrupt in musical history! I couldn't let my friends starve, when I was doing well. And there was family to think of. I had to look after them. Unlike you I never had a proper positi-on.

MOZART

Position? Me? (*LAUGHING*) You know how much I had to scuttle about, bowing low and making do? And for what? Munich - no job. Augsburg - no job. Mannheim - no job. Berlin - no job. Salzburg - concert master for the chapel royal - later, (LAUGHS) court orga-nist. In Vienna, Salieri got the job as court composer. I wrote cham-ber music - as light entertainment. For about 800 gulders a year, all in.

BEETHOVEN

I'd have rather starved to death. But the picture has reversed now, Maestro. All the *little* people in their comfortable posts - they're forgotten. And no-one thinks of Salieri without having the name of Mozart in their head.

MOZART
Maybe. But in truth, I never got out of your so-called cellar. I never broke out of that mentality. Yes, I was a rebel, but also a lackey.

BEETHOVEN
It's not your fault. You were born to that generation that existed before all the great upheavals. Although I believe it was fermenting within you. And despite that, you are a hero, Maestro. You have a marvellous self belief, indestructible, like your music. 1788, that year of your decline, that Count Arco predicted, when you fell from grace, and the cheering stopped, the commissions dried up, the curtain fell and Mozart was viewed as an outsider, no longer 'one of us', observed with eyes that looked away, that seemed to greet you, but in reality said 'I don't know you' - in this situation you composed the Jupiter Symphony and that fourth movement, forged in such a fire, that has no comparison in the history of the symphony. Yes, I am Beethoven, but that still takes my breath away.

MOZART
One has to bat negative thoughts away with some violence. But I still stick to the theory that it was his 'van' - this valuable little prefix before your name - that opened doors for you, lent you the same status as a celebrated poet might enjoy, and allowed you to sit at the tables of princes.

MOZART
It might have oiled the wheels, but it was my music that they held in regard.

MOZART
Well, likewise - but I wasn't allowed to take my place as an equal amongst their gracious lordships. It was only in my professional capacity that I was admitted into the highest circles. I had to fight for recognition, and when I deserved it more than ever, it was lost.

BEETHOVEN

But this feeling of being an outcast, for you Mozart, its cause came from without. But in my case it was from within. It ate away at me from the inside. It sucked the marrow from my bones.

MOZART

Was that because of your deafness? Tell me, when you stuck that little twig in the piano, and held it between your teeth to feel some sensation of sound, did it not make you think that perhaps someone was taking music away from you, so that you might realise there were more important things|?

BEETHOVEN

Deafness was certainly one of my most painful afflictions, but it forced me to carve deeper into that silence from which most people are forced to flee. The deafness turned my hearing innerwards. I didn't need soundwaves to form my ideas. Tears can became pearls. The claws that tear open the heart, the blood drops of the soul that run down the furrows, sparkling in the light of inspiration, the scars, encased in a carpet of sound, spring the victim up to unimaginable heights - and then finds himself more alive, in a way that cannot be achieved by any other human endeavour, ambassador of some entity that words cannot grasp. We were taken out of the net, in which men are snared, our gated existence, our supervised thoughts. Through this journey to our own interiors we immerse ourselves in the garden of all souls. Of all mankind. As if we draw a blueprint behind a glass that lies hidden from all others. I did not freely choose this. It is just our lot.

MOZART

Our lot? Really? May I present the following example. Born sometime after you - Dvorak, Antonin. Family, eight children. Or half a century before us - Johann Sebastian. Theirs was scarcely a meditative environment. Trapped under one roof with twenty bellowing brats. Where was that blessed solitude which you cherish? No, they suffered the usual kicks and blows, they were also obliged to bow before the advice of ignoramuses, they didn't need what you had to be inspired.

BEETHOVEN

My motivation was the desire for recognition, and also for the proper family that I never had as a child. The more devoted I was to music, the more fruitful my work became. But if I showed music the cold shoulder - for music is not life, only a medium, not an embassy, only an envelope, not the destination, only the yearning - it snared me again with the deepest ideas that I never could have hunted down. So what is music? Certainly not a person. My father used to knock me about every night. Just to keep his hand in. Sometimes in front of his drinking companions. This abuse didn't mark me for life. When I was about fourteen, and existed in a world of fear, it seemed to me, there was someone standing like a stranger behind a veil, who led me into a world, where everything else was pure fantasy, and the proof was in its effect on people, in their amazement, in their condition. And ultimately my heart disappeared into this secret world. And I never found it again in my lifetime.

ORCHESTRA SIGNAL 1

MOZART

This episode with Lichnowski - were you not just reliving your childhood trauma?

BEETHOVEN

Does it matter? This is how granite is formed. This is typical of a composer's life. We know sensibility - the heart lies open - but at the same time we know how and when it must be hidden away, when certain fine figures may take the opportunity to hack it out with a pickaxe. We can hide behind our professionalism and smile with seeming self-confidence over our success - but manuscript paper cannot dry real tears.

MOZART

I know this view - down into the abyss, the inevitable collapse. No choice remains but to open one's wings. And let them carry us. And you succeeded in your flight to that boundless space of loneliness in which all may flourish. I see your social life clearly before me now. A yawning throat - grasping into emptiness, no wife, no family - a lover? The Princes latched onto you at the nadir of their declining era. And I have to say, you not only took fate by the throat, as you once put it, you stuffed it up. You won't find me mocking you for that.

COMPOSITION 3 - Adagio (04:00)

2 - COMPARISON OF WORKS AND WORKING METHODS

MOZART
Do you have what one might call a D minor?

BEETHOVEN
What do you mean? Look at my 9th!

MOZART
No, I mean something like my 'tender gesture? In your case, I only see C minor.

BEETHOVEN
One should clone them.

MOZART
What? Who? Us?

BEETHOVEN
No. Your D minor with my C minor. As far as keys are concerned, my real secret is C sharp minor. C sharp minor made its reputation through me.

MUSIC EXAMPLE 2
Nr. 14, op. 27 Nr. 2 „Mondschein", bars 1-7

MOZART
But you use C sharp minor remarkably little. - actually only twice. Your string quartet, often called your greatest, Opus 131, which slides so gently into G sharp minor.

BEETHOVEN
Then I stepped back from the veil, from the silhouette.

MOZART
You said, music should present a higher revelation than all wisdom and philosophy. How can a bearish ruffian stand above all wisdom?

BEETHOVEN
Contrast makes the human condition. The *chiaroscuro* shows the contours of human sensibility in relief. One must draw nature into oneself. There is no other way of achieving meaningful work. We offer people an inner landscape, an atlas of feelings, secrets, that they don't realise is a secret even for us. We understand the structure of music but remain amazed by the force it releases. When you mention my C sharp minor string quartet, I think of your last piano concerto, more tender even than we were used to.

MOZART
In my last year, I couldn't expose myself to any emotions, like a butterfly child, even the most gentle of caresses was dangerous. Likewise, I became a note-writing turbo. (SIGHS). My poor, abused fingers! An avalanche of notes roared over me. But within me there opened an enormous silence. I had forgotten the 'wherefore'. And there was always the time pressure. For Don Giovanni I had six months. For Titus, three weeks. And, it didn't go so well.

BEETHOVEN
Six months? Three weeks? What are these for timespans? What Fidelio cost me in terms of suffering, my crown of thorns. Writing, and rewriting ... only after nine years ...

MOZART

Yes, but you also produced five symphonies during this time. Don't talk yourself down! If my old man had known that such quality was possible in that length of time - well, he'd have given me an earful. Five symphonies were nothing to me, but yours, the fourth to the eighth ... (PAUSE) ... are there really any differences between us?

BEETHOVEN

You brought your notes complete to the paper. Opened up, as if directly from the womb of creation, no deletions, no corrections. I was always pondering, wandering back and forth - for half an eternity, endless rambling, the Vienna Woods, Helenental, Baden, Klosterneuburg ...

MOZART

... sounds like a good tour of the vineyards ....

BEETHOVEN

... and after endless, gruelling, delving, on endless scraps of paper, scraps of motif, discarding and rejecting until the secret of the organic whole takes shape. In life I tortured myself, but in death I was happy. When the end came, were you not like an empty, spinning merry-go-round? Old scrap? After all your antics? Finished? Over?

MOZART

I knew I had to die. So I put away all my finery. I looked into the distance for a better view of myself. I realised that I was writing that Requiem for myself. I returned to the most inner truth of my life - that my scribblings were hardly worth the ink. The heavenly child, brief guest on this earth, the lad of thunder and lightning had to die early because he was so close to knowing God's tricks. The real secret of my achievements lay in death. To face it everyday, look it in the eye, this was the inexhaustible source, that filled my net with good ideas. The contemplation of death washed around me with vital, unending diversity. And let me dive into the immediacy of Being - raised me to the highest degree of consciousness.

BEETHOVEN

I found my ideas in nature, whilst walking through the woodland. By breathing soft grass-meadow breezes, when hearing the winds' baffling song as it sang through the trees, by marvelling at the brilliance of heaven's stars. When I looked at myself in the context of creation, I asked myself - what am I?

MOZART

You - more than I - never lost sight of what was important. For you the moral aspect was indispensible, whilst for me every and every sensation led to enduring art. Sensation, sensibility - I simply felt too much. Money worries choked me, as if the more beautifully I sang, the more my throat tightened. After all these disappointments, especially after the coronation of that music-hater in Frankfurt, my heart became limp and a paralysis overcame me, but I still sipped from the life giving elixir of being in love.

BEETHOVEN

All of Vienna knew about your affairs.

MOZART

They knew nothing.

COMPOSITION 4 - Allegro (06:00)

Direction option: As the music plays, two ballet dancers create scenes of a ball.

3 - WIVES AND FAMILIES

BEETHOVEN

Your first fancy was Aloysia Weber and then later her sister Constanze. Do you know what occurs to me? You have always seemed strangely disrespectful towards the sound of the flute. Maybe the weedy overtones of this instrument didn't really appeal to your imagination. In Paris, in 1778, shortly after you met Aloysia Weber in Mannheim, you gave the flute this wonderful melody.

MUSICAL EXAMPLE 3 *2nd movement of Mozart's concerto for flute and harp K299.*

Mozart grabs his wig.

BEETHOVEN

This melody is of such perfection that it can't be disguised as simple serendipity. Weren't you on cloud nine, near to Aloysia, before she so icily rejected you, even as you entered with fervour mounting in your breast, and all flags waving? That had consequences for your relationship with the flute, didn't it? Didn't you in fact sacrifice it upon the altar of a love scorned? Also, these languid semitones in the sonata for violin and piano, also from 1778 - that fateful year in Mannheim ....
(holds one hand over his heart and the other to his ear)

MUSIC EXAMPLE 4 *Violin sonata in E minor, K 304*

BEETHOVEN

Were they not, as the musicologists might say, a typical example of the 'Mannheim Sigh'. Or was it actually Mozart's sigh in Mannheim?

He sings, in a low voice, the first three bars of Pamina's aria , ,Ach, ich fuehl's'

MOZART

I've got no problem leaving any girl that doesn't want me.

BEETHOVEN

Yes, but the flute music crawled out of the woodwork with the magic flute in that opera of the very same name! Didn't one of the four Weber girls say, Aloysia herself, - that you were meant for each other, that you would have been better together, really happy and you would have lived longer?

MOZART

And since when is Beethoven interested in gossip?

BEETHOVEN

Your greatest quality, Maestro, is that you can hide yourself in your works. I would say that I show myself in my music.

MOZART

Sniffing, sniffing round, sniffing like a sniffer dog - like the stuttering chords at the beginning of your Waldstein Sonata.

MUSIC EXAMPLE 5: *Extract from Beethoven's piano sonata 21, bars 1-10 ff (slightly arranged).*

MOZART imitates the sound of a dog sniffing to the beat.

MOZART

Let me poke my nose in now! This story with your nephew - responsible they say for your most unproductive years, or was it the other way round? You had nothing more to say, so you threw yourself into this adventure and your nephew into his misfortune?

BEETHOVEN

I'll tell you what - (*accusingly*) I'd rather have my real nephew than your supposedly false son.

MOZART

(*Flaring up*) Well, hark at him! I should point out there is a very persistent speculation that seems to flourish your biography.

BEETHOVEN

You didn't have Mr. Schindler as executor of your estate.

MOZART

Don't you mean ... 'Swindler'. Did he speak a falsehood when he said that your nephew Karl's suicide attempt made an old man of you? Something broke in you after this blow ... yet at the same time something opened ...

COMPOSITION 5 - Molto Vivace (01:15)

4 - THE TASK OF THE ARTWORK

MOZART
But I don't notice anything of this catastrophe in the work you actually completed in that same year - your string quartet number 16. There is no sign of you being burned or battered. Quite the opposite! Your energy is in balance! No staggering in the face of the abyss. What was the source of this apparent tranquility?

BEETHOVEN
If music says more than words can, why would we use words to seek its source? The veil seemed to lift, to flutter higher, to reveal something in a dazzling light. But a light of such brilliance that it blinded and veiled yet more. Music exists in time. Then, it was impossible of us to have any idea of heaven's music, that exists in eternity where there is no time.

MOZART
... and no overdue assignments!

BEETHOVEN
If there is anywhere approaching eternity in the temporal realm, we stood with a foot on its borders.

MOZART wobbles slightly and lets out a sigh.

MOZART
Well, we must be a little clever with the words like 'eternity' or 'immortal' - because in the here-below, not only does everything come to an end, even the most spiritual works are like dust. So my question is - is your music a call to arms, rather than just a thing of beauty?

BEETHOVEN
Any note, that does not improve mankind, is not worth the paper upon which it is written.

MOZART

But just to hear beauty can be improving - for those who can heal themselves and others as well. You just have to uncover the beauty, you don't have to form it.

BEETHOVEN

Would you still have us bow down under powdered wigs and the lash?

MOZART

(*In a vulgar accent*) Listen, Mate - your bloody great Prometheus ain't for me. (*He puffs and blows*) Look where it all ends up! Beethoven - the great bloody Titan!

BEETHOVEN

... who at least never had to beg for money. Don't you hold just some awe for our profession? That transports the poor from darkness into immortal light? That frees their heavy, leaden bound eyes from darkness? Truth, beauty, freedom, joy, reason?

MOZART
We were just doing our job.

BEETHOVEN

We need a will that will shape art! You can't just uncover it! How much of man's soul was introduced into music or how much beauty already existed in those twelve tones, how much we can elicit or shape from the continuum of sound - just as frozen water forms innumerable crystals - all this remains a secret!

INTERMEZZO. *A long thread comes down from the ceiling. And at its end hangs a black, moving ball-like entity.*

BEETHOVEN
What is that?

MOZART
That is an archive spider.

BEETHOVEN
What?

MOZART
Yes, I also found it astonishing. They're here - everywhere - between time and eternity.

BEETHOVEN
What the hell is it? Does it want something?

MOZART
You can't talk to them. At best, they just spit poison. Have you said something that you can't verify?

BEETHOVEN
Aren't I free to change my mind?

MOZART
Not any more. Not in Eternity.

He grabs a roll of paper and swipes at the spider, that scuttles back up again.

BEETHOVEN
Maybe it just wanted to confirm something.

MOZART
Then I drove it away unjustly.

BEETHOVEN
Where were we? - oh yes! Formation or exposition?

MOZART
The only important thing is what ends up on the paper.

BEETHOVEN
In essence I agree with you. We stand before something that is not of us. That we discover and then work on. We found it, but we did not invent it. In our lifetime we were so close to the truth. And took a great step towards the improvement of humanity.

MOZART
But even a rogue can be a genius.

BEETHOVEN
[Stares with open mouth] That idea stinks in the head worse than the old Versailles stunk in one's nose.

MOZART
Philosophical theories, moralistic finger waving have never produced a master-work. There's no recipe, no formula.

BEETHOVEN
There is - not only for beauty, but also for good.

MOZART
Well, on the subject of virtue, let us discuss your business career. I knew a certain composer who sold exactly the same piece to several publishers.

BEETHOVEN
You know the publisher's motto - the only good composer is a dead composer. I learnt that and wrote the 9th symphony. There are no powdered wigs in my music.

MOZART
Did you never learn, with all your wrestling and wrangling, that the best is only gifted to us?

BEETHOVEN
Maybe. One glance from a pair of eyes could inspire a melody in my heart. After what Karl did to me, I had to learn to let go. My view

changed. Presumably the distinction between the gift of inspiration and proactive formation of ideas is just different for each of us. I never surrendered to the egomaniacal idea of the self-creator. Look! Read.

He points to a sheet of paper.

BEETHOVEN
The freedom of the artist means one must decide how the moral and aesthetic are bound together.

MOZART
[*Reads*] 'Broaden my spirit, O raise it from these heavy depths, enchanted by thy art, that he may strive outwards with a fiery swing. For thou, thou knowest alone, that thou alone may inspire.' A prayer? Life was exhilarating. It was so beautiful.

BEETHOVEN
So it was.

MOZART
The dances. The balls. (*Vulgar accent*) It was in my blood, so it was, Beethoven. I heard it also in those relentless, stirring dance-rhythms of your symphonies. You was a dancer, Beethoven. Like me. You just didn't live it out.

COMPOSITION 6 - Molto Vivace (00:45)

5 - DEATH AND ITS REASONS

MOZART
Celebrated in the court theatre! Special prizes from the Emperor. I had a great ability to enjoy my craft. In music, none had shown what I had done who lived before me, nor imitated it afterwards.

BEETHOVEN
Your father spoke of a miracle.

MOZART
... a miracle from heaven. He was convinced of that.
But this miracle never managed to make or maintain good contacts
in Vienna. Either good networking, or good music - the two couldn't
exist together for me.

BEETHOVEN
They can. They have to. This dancing through the night, Mozart -
there are assumptions circulating that you simply died of exhausti-
on.

MOZART
Who would have offered me a position if I'd been the sort who slept
enough? *[Takes another text off the table]*. Autopsy report - Beethoven. Liver shrunken to half its size. Almost no blood flow. Colour
- greyish blue *(in another tone of voice)* - leaded wine ...

BEETHOVEN
(Rustling through the papers) So now- what about your autopsy?

MOZART
I didn't have one!

BEETHOVEN
Wolfgang Amade Mozart, born 1756, died on Monday, 5th Decem-
ber 1791, at five minutes before one o'clock am in his apartment in
the Wiener Rauhensteingasse number 970, first district, at the age
of 35 years and 10 months from severe military fever.

MOZART
That's a high fever with breakouts on the skin.

BEETHOVEN
A mysterious illness - and no death certificate signed by a doctor.

MOZART
Chronic shortage of money - that's the real diagnosis.

BEETHOVEN
That's a bit of a white-wash.

MOZART
At least I wasn't a miser. I didn't hurl heavy objects at my maid, and I didn't suffer from paranoid delusions that someone might poison me.

BEETHOVEN
But didn't you tell your, wife Constanze, that you had indeed been poisoned? Did you know by whom? Perhaps by the husband of a pupil?

MOZART
I suppose you are speaking of that chancery clerk. He wanted his wife killed one day after my death.

BEETHOVEN
Maria Magdalena Hofdemel. Johann Alexander Franz, her child - was he yours?

MOZART
I know, that when she heard you improvise, she is meant to have said, this is better than Mozart. It's a pity I couldn't have shown you what I was made of, dear Colleague.

BEETHOVEN
I was so disgusted by this affair that I cancelled a pre-arranged appointment with her. But coming back to my question. Was that your child?

MOZART
So artistically, at least, you may have cuckolded me. But if anyone had said that Beethoven was such a blabbermouth, I wouldn't have believed it.

BEETHOVEN
Her husband cut her face up quite terribly with a razor blade. That was the theory in Vienna - off the record, off course. But it is

unusual that there no portrait has survived of a woman renowned for such dazzling beauty.

MOZART
All theories. Rather let us speak of your ladies. Or should we say - marriage candidates? Josephine von Deym, nee von Brunsvik, later von Stackelberg and ... it didn't end with that ...?

BEETHOVEN
I find your indecent tone somewhat unbecoming!

MOZART
Let me turn the tables, my dear Colleague! Was 'Anonim' which is the backwards translation of Minona, Josephine's child, born nine months after your letter to 'The Immortal Beloved' - was she yours? She seemed the only one of her family to possess genius, energy, musicality, gifts of a high order.

BEETHOVEN
I ardently desired Josephine as my wife, and it was mutual. Our marriage would have been possible if Josephine had leapt over the class barrier. But she would not renounce her noble status, or the right to bring up her children. So after 1807 she offered her family no further resistance, and when I stood before their gates, I was denied entry. So you see, the feudal system also dealt me a malignant hand. Decades after Josephine's death, her sister Therese wrote about us - 'They were born for each other' just as Aloysia's sister wrote of you, my dear Mozart. Now we really have something in common.

MOZART
The immortal beloved. These are your words. And is this also your music?

COMPOSITION 7 - *Waltz of the Immortal Beloved.*
    - Moderato (06:30)

MOZART

Class differences, marriages of convenience, everything is so shaky when one dares to love. Aloysia became Mrs Long. Strange how names can become predictions. Nomen est omen. She needed a 'long' time to realise that I would have been the right choice.

ORCHESTRA SIGNAL 2

MOZART

Do you think it was an evasion on your part, dodging that final commitment? Through concern you would neglect your music? As you said, music is not a person. And therefore cannot be loved or even be 'The Immortal Beloved'. If music would have been our great and only love, it would only to have set our ego on the throne.

BEETHOVEN

It was certainly a temptation not to allow anyone near our interiors, our drawing board, not to tolerate any proximity. You probably noticed, as I did, that only a fulfilled life can be a source for musical achievement, but there is nothing else that can give expression. Music is expression, not life itself. A special light that makes visible the highest mountain or the deepest gorge ...

MUSIC EXAMPLE 6

Extract from Beethoven's fifth piano concerto, second movement. (Played over next three sections of dialogue)

BEETHOVEN

... in that it veils a secret, and leaves an outline, that is not comprehensible in words.

MOZART

In the second movement of your fifth piano concerto, when the piano enters, musically it's so little, actually nothing, a feeble B major scale, but what it encases, and what it dares not touch, but only hints at - I think I understand it. To put something like that on paper - doesn't it make up for so many of life's miseries?

BEETHOVEN
No. when Josephine died in '21 the experience made me realise: that music can never be a substitute.

MOZART
Dvorak and Bach showed that the union of married and artistic life could be successful.

BEETHOVEN
I was prepared for it, but class barriers nobbled that idea. We couldn't marry we could only ...

MOZART
For a man of your moral standards there were mitigating circumstances.

BEETHOVEN
What do you mean? *(Breathing deeply)* May I quote a prominent musical director in both our futures - "Should one not forgive everything of a composer who writes such music?".

MOZART
That would be nice! But that actually applied to another composer as yet unborn in our time ...

BEETHOVEN
... I suppose so - the time when the blazing flames of a crazed genius struck, a time that would end in catastrophe, and as a foundation for this perverted brilliance, Mankind used my tombstone. You have no such memorial, Mozart.

6 - THE BORDERS OF ART

MOZART
I was right when I once said that one would hear much from you. But - where are we actually?

BEETHOVEN
It seems astonishing to me that a path runs between time and eternity, where one may still - develop.

MOZART
One only has to look forth, and one's vision explands.

BEETHOVEN
I'm wondering why we are forced to converse here in an earthly language.

MOZART
God knows ...

BEETHOVEN
Or perhaps it's just the mindgame of a worm.

MOZART
What do you perceive, Beethoven, that cannot be expressed in earthly language?

BEETHOVEN
Are you serious? How can I say that in this language? Even on earth, the essentials, love, life, clothe themselves in music.

MOZART
I was music. More than you. Being comes before action. I'm sorry if that sounds haughty. But now here, there is meaning before my eyes that is expressible in words, a meaning that once I did not wish to see.

BEETHOVEN

And before God, suffering injustice is a greater memorial than any of our symphonies.

(*Points half surprised, half shocked into space*) Is someone there?

MOZART

You spoke of this path between time and eternity. Earthly greatness, which we coveted - as my father called it: a musical director that will be spoken of in a hundred years - here it isn't worth a sausage.

BEETHOVEN

What is held as true below, also shines here in the forecourt of all solved riddles.

MOZART

Pff! Don't talk nonsense! You can't chatter in music. Music can't lie. It's the only discipline in which appearance and being, surface and content are identical.

BEETHOVEN

By this reckoning your esteemed colleague Salieri also could not 'lie'.

A small pause - they consider.

MOZART

You know, feudalism favoured us. Eras that are more free actually prefer our music to their own.

BEETHOVEN

More free? What I see from here makes me ... well, we were at least allowed to recognise music as appalling, even when the Emperor himself lent us his ear. No-one one who came after us dared scale the summits we reached. Let alone higher ones.

MOZART

That's why they play us over and over again - just look - towards their dusty, museum culture. Always the same pieces over and over. That's worse than dull. It's moribund.

BEETHOVEN

There's a simple reason. They are masterworks. Particularly my ninth. Clearly it looked towards the new humanity.

MOZART

New humanity! The new romantics. Was it really so clear for you where humanity wished to steer?

BEETHOVEN

Away from the old system.

MOZART

It's not enough to move away - you have to know where you're going. Anyone can tear things down. How far did you get with your reconstruction?

BEETHOVEN

Over the starry canopy, Brother! Your Magic Flute met success with simple folk, no longer in the old system.

MOZART

Have these centuries after us brought forth only a limited creativity, a few works that are half as loved as ours? Look at the opera schedules in the centuries after us. Do you call that progress? Cosi Fan Tutte, Il Seraglio, Don Giovanni, The Magic Flute, and yes - Fidelio. Then every so often a new work might premiere - and then Cosi - again.

BEETHOVEN

In every age too few people recognise good music. First you must get to know the great works, known as such by the connoisseur.

MOZART

Were we really unmatched in making beauty tangible?

BEETHOVEN

Ultimately what counts is that which is written in people's hearts. People who dig deeper, will seek us out, and build upon it.

MOZART
But if people are no longer seeking ....?

COMPOSITION 8 - Allegro moderato (05:45)

7 - WORK AND HISTORY

MOZART
Through all the centuries the same theatre. Every epoch worships 'free art' and claims their own artists as free, even when a dictatorship enslaves them, and the artists themselves are just political lackeys.

BEETHOVEN
When you see right into the heart of a worthy Prince, you can let him know. It even does him honour. But if you dare do so with a bad one, that leads only into the realms between professional banishment and ...

MOZART
Unexplained death.

BEETHOVEN
On this point, your observation conforms entirely with mine. Was our time the freest of all? Perhaps composing for the splendour of a princely house, which affected us only in limited measure, really wasn't so bad.

MOZART
[scratching his wig] There will always be bloodsucking lice.

BEETHOVEN
Indeed, just look there - your Jupiter Symphony and my 9th - later, a hundred years apart, their meaning unmercifully bent away from the cause of freedom. Abuse! For such an outrage, we should summon the knacker!

MOZART
But the silence, the peace, that we showed in sound, no-one can take that from us. It should be granted even to the slave-drivers, if they ever would accept it. Those who could string us up for our softly scattered gentle gestures to the world - for an eternity.

COMPOSITION 9 ,Peace' - Larghetto (06:00)

MOZART
I failed in my struggle for freedom - you didn't.

BEETHOVEN
Didn't you say that a rogue could be a genius? I fought to stand tall, and not only on the theatre stage in Vienna. I don't blame you for anything, Maestro. (*Smiling*) You simply absorbed everything, consciously or unconsciously, from music.

MOZART
Smiling suits you. Do you mean that art alone cannot serve as compass?

BEETHOVEN
There! Now I've seen it again.
[He looks into space.]

MOZART
I'm sorry, I don't want to drill down unnecessarily, only understand your deepest thoughts right to the fundament, so that I may savour your music better. (*Picks up a pile of paper*) Decades after Josephine's death, her sister Therese von Brunswick wrote "What struggles! What performances in 1815 and '16. From then on, her dwindling life was a terrible torment." Two years after this time of which she writes, Josephine wrote to you, Beethoven, on the 8th April 1818 - "What your appearance wakes in my sensations, I cannot describe. We may only be melded into one, if first we are melded with the Eternal". That sounds to me like Mrs Beethoven.

We already know that music is not a person and cannot be loved. The object of our desire is a 'someone' - not just a tune, and not that much coveted glory. Guilt, merit, responsibility, accountability also concern us, the great geniuses - children playing before the presence of the highest secret.

BEETHOVEN
I don't know what you're getting at. Not getting up is worse than falling.

MOZART
We're on the right track, and we have the whole of the rest of time to leave all ignorance behind us. You rightly hinted at it earlier. We gave so many people an inkling that their life is precious, the experience of a hidden perfection, that makes them aware of the value of life, and builds them up, even those that don't have to experience it through music. All, whether dirt poor or filthy rich, have your music. And what actually is music? All of your belly and all of your heart. The straining tendon and tenderness straining. Did you read what was on Minona's gravestone in 1897? "For the wind passeth over it, and it is gone, And the place thereof shall know it no more:[4]" Did she first learn of her parentage in Eternity? We cannot say that the rules of impermanence do not apply to us, dear Colleague. Will our names survive the numberless days before that final moment in time? Before God, the most prematurely deceased child, from the most remote corner of the earth, is as unforgettable as we are. But in Minona's case, your presumed daughter, these priceless words .... assume a special meaning. As if that isn't worth some inspiration ...!

BEETHOVEN
Here. It is ...

---

[4] Ps 103,16

8 - THE IMMORTAL BELOVED.

*The immortal beloved enters, seemingly not seeing the two compo-
sers. She sings to the audience, at first behind a fully lit veil.*

COMPOSITION 10 - Andante (07:15)

As if to be a fibre of his heart
That clenches with every beat,
That for millennia dies away in a million hearts,
Bound in longing that never dwindles,
A string, nestled against a bow
That swings through the world,
And a vibrato that does not fade away.

It cannot pass away,
Sweet secret, sunken World,
Heart clenched with every beat
That echoes through each aeon.
A bow that swings through the world,
A vibrato that does not fade away.

Those meant for each other,
United in life,
Would have been spared death.
But those who glimmered from afar
Were all too easily obliged to pay him his due.

No dancing in the ballroom,
Only silent alleys.
The drum is ripped,
The bells are sprung,
The horn is sunken,
The longing is strained,
Burned beyond use.

None will hear his music as I can.
What is his music for the rest?
A cone of light that shines into their soul,
Unknown words in a sunken tongue,
But for me, the deepest of binding.

Those meant for each other,
Who glimmered from afar,
Have dethroned death.

Seconds that flow
To the end of time,
The melting deadline
In readiness for his glance.
I am the ink on his quill,
The prediction of his fingers' games.

I am the person who survives through ashes and dust,
Unstripped of her immortality, floating forever.

And my true love ever believed it would be thus.

Explanation of the guidelines for the main points of the text.

1 Employers and working conditions. The artist as a dependent, who creates an artwork free from specific purpose? Writing for the glory of a princely house was the main ingredient of Mozart's work. Beethoven on the other hand was financed by the nobility, and prepared the ground for their decline.

2 Works and comparison of working methods. Mozart's manuscripts show almost no crossings out, little or nothing of what is left from an intensive work process, quite the opposite to Beethoven's hithering and thithering contemplations over a long period of time. The two protagonists illuminate their working methods and sources of inspiration.

3 Wives and family. The theme of love - above all unfulfilled - as the engine of creative accomplishments, the family as sanctuary, energy source or stumbling block? The fate of love over social barriers, see inter alia Josephine von Brunsvik, widow v. Deym, who would have married Beethoven, if she had not had to give up raising her children due to her noble status. Constanze's quotation "He was not faithful to me".

4 The task of the artwork. The artwork as herald of the new consciousness or as decoration for those in power?

5 Death. Considerations of death begin with Mozart's quotations to his wife, Constanze. "I have certainly been poisoned" to Schindlers quotations, that the suicide attempt of Beethoven's nephew Karl had made an old man of him. Possible changes in creativity at the beginning of the end of life.

6 Border of Art. What permanent effect can an artwork have? What can it alone achieve? Eternity, the transience of the world to come, which is also an important part of an artist's world view?

...

7 Works and history. Abuse of artworks in history, submission of masterworks to the interpretational interests of an epoch, or the inflexibility of genius and the creator's will?

8 The immortal beloved. The specific addressee of Beethoven's letter "To the immortal beloved" and the role of unfulfilled longing.

Curricula vitarum

Nikolaus Schapfl (text and music) was born in 1963 in Munich. He studied composition at the Salzburg Mozarteum and the Music University of Vienna. He was the first composer to be given permission by the St Exupery family to adapt the classic work THE LITTLE PRINCE after 75 composers had been rejected. The opera had its premiere in Salzburg in 2003 and has subsequently been performed a hundred times (first staged performance at the Baden State Theatre in 2006 and first staged performance in Austria in 2019). Nikolaus Schapfl wrote the music for the film THE TEMPLER" by Oscar winner von Henckel-Donnersmarck, as well as chamber, piano, choral music and songs. In 2017 his oratorio BRIGITTE was broadcast as a live performance by the Czech Permonik choir in its world TV premiere. Currently he is working on the opera CARAVAGGIO (Libretto: Matthew Faulk) on the life of the revolutionary painter, who many hold as the founder of the modern style.

Dr Herbert Groeger (concept) was managing director of an international management consultancy. As well as his professional activities, he spent 35 years promoting highly talented young musicians with master-classes, concerts, stipends, and instrument hire. Living in Bad Honnef near Bonn and in Salzburg for almost 15 years, he has been involved in voluntary work on various music committees, e.g. Chairman of the International Academy for Soloists, Hannover (2002-2008), Member of the board of Trustees (2008-1013) , Board member of the Hübel Foun-
dation, Liechtenstein at the University Mozarteum Salzburg (2002-2014); Member of the board ´Young Classic Europe´ - Passau, Salzburg, Lake Como (2004-2011), currently member of the board of trustees; Honorary expert in ´music´ for the tourism company ´Robinson / TUI´, Hanover.
Since 2009, he has also been a producer or co-producer of chamber operas.

Matthew Faulk (translation) is a film and television scriptwriter who currently resides in Oxford, UK. He was educated at Winchester College, where he was a music scholar, and Oxford University, where he obtained an honours degree in Music. During his teenage years he studied the viola with Professor Margaret Major in London and Professor Hatto Bayerle in Vienna. He also played with the National Youth Orchestra of Great Britain. After leaving University he had a brief spell in advertising, before taking up his career as a screen writer. He has worked on many pro-
jects in the UK, US and Europe, his credits including JASON AND THE ARGONAUTS for NBC, VANITY FAIR for Universal Pictures, HANNIBAL for the BBC and TITANIC: BLOOD AND STEEL for Rai Uno and Netflix. He is currently developing projects with Lionsgate, the British Film Institute and Entertainment One in London. He continues his interest in music by continuing to perform in Oxford and London, principally in the field of early music, and is an enthusiastic lutenist.

FSC
www.fsc.org
MIX
Papier | Fördert
gute Waldnutzung
FSC® C083411

Zeitfracht Medien GmbH
Ferdinand-Jühlke-Straße 7
99095 Erfurt, Deutschland
produktsicherheit@kolibri360.de